いもうとドラゴン！

七海ユウリ

illustration ©こぶいち

美少女文庫
FRANCE SHOIN

プロローグ　世界の終わりと妹の夢

暗雲が垂れこめる空は燃えるような赤い色をしていた。

地上では粉塵が舞い、水が涸《か》れた大地にはひび割れが起き、その間からは赤黒いマグマがのぞいている。

それは世界の終わりを表すにふさわしい光景だった。

「これぞ望んでいた理想の世界。なんと素晴らしい……」

私はその荒れ果てた世界を見渡して笑うと、目の前の人間に視線を落とした。

「さて……、まだ私に立ち向かおうというのか？　勇者トーマよ」

「当たり前だっ!!　お前を倒し、この世界の平和を取り戻すっ!!」

そこには金色に輝く鎧を身にまとい、私を睨みあげる一人の人間の姿がある。

その者の名はトーマ。私の夢であった世界の終焉《しゅうえん》を食いとめようと、幾度となく私の邪魔をしてきた小癪《こしやく》な人間だ。

奴はボサボサの髪の毛をさらに逆立てながら、怒りに燃えた瞳で私を睨みあげた。

「姫を返せ!!」

「姫？　ああ……こいつのことか」

私はニヤリと笑い、つかんでいた姫を勇者の前に突きだして見せる。

「来てはダメです勇者様！」

私の手のなかで、ボロボロになったドレス姿の姫が必死に勇者に向かって叫んだ。

「これは罠です!!　私のことなど置いて早く逃げて!!」

だが、勇者をおびき寄せるために捕らえていた姫の存在は今の私にとってはもう邪魔なだけ。私は勇者のほうへと向け姫の身体を離した。

姫の身体は崩れるようにして私の手から離れ、足もとにいる勇者の腕のなかへと抱きとめられた。

「勇者様……」

「姫っ!!」

姫は勇者の胸へ顔を埋め、安堵の涙をこぼす。その涙が落ちた途端、荒れ果てていた土地が二人を取り囲むように小さな草原として甦った。

私はその様子を見下し、笑う。

「聖なる涙の治癒能力も、人間が滅びつつある今では大した役にも立つまい。せいぜい最後に勇者トーマとの別れを惜しむがいい」

「最後の別れだと？　ふざけるなっ!!」

姫を抱きしめていた勇者が激情し、腰についた鞘から一気に剣を引き抜いた。

「大地は甦る!!　姫と、私、そしてこの剣がある限り!!」

「はんっ、人間ごときが、ナマイキなことをっ!!　お前らのような軟弱な生き物には私に傷一つ負わせることなどできまいっ」

勇者に剣を向けられ、私は激しく牙を剝く。だが自らに向けられたその剣の輝きに思わず目を見開いた。

「そんな……それは聖剣ルビスティアっ!?　お前がその封印を解いたというのか!?」

『久しぶりだな。再びお前を倒すときが来るとは思いもしなかったぞ』

今まさに世界を破滅へ導こうとしている私にとって、唯一の脅威である剣が、勇者の手のなかでしゃがれた声を発した。

『今世でもまた災いをもたらす者として生まれ変わっているとはな』

「ぐっ……この……」

私は思わずたじろいでしまった。それがいけなかった。その瞬間を勇者は見逃さなかったのだ。

「闇へ消えてなくなれっ!!」

飛びあがった勇者の手にしっかりと握られた聖剣が私の頭上へと振りおろされる。

「ぐあああああっ!!」

途端、激痛が頭に走り、私は叫び額《ひたい》を押さえた。足もとに流れ落ちるのは赤黒い、自らの血だ。

「ぐ、ぐぬぬ……よくも……よくも!!」

『我がマスターの力を侮ったな。悪《あ》しきドラゴンよ』

「覚えていろ、ルビスティアに……勇者トーマ。この恨みは必ず晴らしてやる……」

聖剣に映しだされた自身の姿を見て、私は憎しみをあらわに呟いた。

気の遠くなるような長い年月を生き、全身は厚く硬い鱗《うろこ》で覆われ、鱗の間からギラギラとした自分の目が見える。

人間の力などは及ばないはずだったのに。人々は私をダークドラゴンという名で呼び恐れ、あともう少しでこの世界を破滅させることができたというのに……。

血に濡れた無様な自分の姿を見た私は勇者を睨みつけ、牙を剥いて叫んだ。

「幾千もの時空と時代を超えてでも、この恨みを晴らしてやる。そして次こそはお前の愛する者もろともすべてを奪い去ってやるっ!!」

「そのときは再び私がお前を倒す!!　この聖剣とともに。ルビスティアっ!!　いくぞっ!!」

『貴方とならどこまでも、マスター。悪しきドラゴンを倒し、今こそ世界に平和を!!』

息を弾ませ、勇者がルビスティアを振りあげ、飛びあがった。

聖剣のまばゆい光に、視界が白く輝く。

それが、その世界で私が見た最後の光景となった。


――うぅ……頭が痛いよぅ。悔しいよぅ……。

少女は苦悶の表情を浮かべ、呻いていた。

額が割れそうなほどの鈍痛に、視界は驚くほどに真っ白。そして歯を食いしばるほどの不思議な悔しさが身体をまとわりついて離れない。

――トーマ……勇者トーマ、ひどいよぅ。

彼女は今まで見ていたそれが夢であるということは、ぼんやりと理解できはじめていた。しかし身を捩らせても、目覚めることができない。

耳もとには聞き慣れた現実の音が聞こえる。これは最近よく聞いているゲームのフィールド音だ。現実はすぐそこにある。早くこの悪夢から目覚めなければと思えば思うほど、自由の利《き》かない意識と身体に焦りが生まれてくる。

――助けて、誰か助けてぇっ!!

彼女は必死に声にならない声をあげた。すると聞き慣れた声が耳に入ってきた。

「おいっ……鈴《すず》!!　大丈夫か？」

途端、薄ぼんやりとしていた緊張が解けた気がした。強張《こわば》ったように動かなかった瞼がゆっくりと開こうとする。ズキズキと痛んでいた額の痛みが消えていく。

少女は声の聞こえたほうへ意識を向け、目を開けようとしたが、次は額ではなく、頬に痺れるような感覚が走った。

「……ぃ、いったーいっ!!」

それは一気に現実に引き戻される、額よりもはっきりとした痛みだった。

一瞬で意識が覚め、がばっと身を起こせば、そこは自宅のリビングルーム。それに「お、起きたな」目の前にへらへらと笑う、少女のよく知る少年の姿もある。

「ひ、ひどーい、そんなに強くつねらなくてもいいのに……」

少女は頬をさすりながら側にあった鏡を見た。

彼女の名前は橘《たちばな》鈴、十六歳の高校一年生。平均よりも小さな背丈に大きくぱっちりとした瞳、そしていまだ「赤ちゃんのよう」と言われるもち肌の持ち主で、他の子と比べてちょっとだけ低い鼻がコンプレックスの少女だった。

さっきまで夢で見ていたドラゴンではなく、鼻ペチャな自分の姿が映しだされたことにホッとしながらも、鈴はすぐに少年のほうにムッとした顔を向けた。

「もうっ。ひどいよお兄ちゃんっ!! ほっぺ真っ赤になっちゃったでしょ?」

「でもこれで目、覚めただろ?」

悪びれた様子もなくヘラヘラと笑うのは、鈴と血の繋がった実の兄である、橘橙馬《とうま》だ。彼は鈴の二つ年上で、チビッ子な鈴とは違い、ひょろりと背が高い。

「うなされてたけど、大丈夫か?」

橙馬は少しだけ心配そうに尋ねると、鈴は「うう……実はね」さっきまで見ていたあまりにもリアルだった夢の内容を語りだした。

「怖い夢見たの……ドラゴンが出てきてね、勇者に倒されちゃうの」

「勇者ぁ?」

「うん。勇者っていうのがね、お兄ちゃんにそっくりでトーマって言ってね——」

鈴は身振り手振りで必死に夢の内容を兄へと伝えようとする。

「それでね、聖なる剣のなんたらっていうのが、いきなりおでこにグサーって——」

だが橙馬はというと、呆れたようにため息をついて眉間を押さえると、鈴の額に「とう!」っと、手刀を落とした。

「あぐぅっ!!」

ドスッと音がするほどの、重いチョップ力に鈴がひしゃげた声をもらす。

「いったーいっ!! ひっどーい!! なにするのっ!? お兄ちゃんっ」

「いや、まだ夢でも見てるのかと思ったから」

「もう目が覚めてるよぅっ……」

「うなされてたと思ったら、そんなくだらない夢か。いくら近頃ゲームを横で見てるからって、入りこみすぎだよ」

「むうう〜」

そう言われて鈴が顔をあげれば、テレビにゲーム画面が映っている。それは先週橙馬が買ってきた『ドラゴンソウル』というロールプレイングゲームだった。

今までゲームなどに興味がなかった鈴だったが、リアルなグラフィックと、『勇者がドラゴンを倒しに行く』という単純なあらすじに引きつけられ、こうして兄の側でプレイ画面を見るようになった。

――あ、そうだった。お兄ちゃんのゲーム見てたんだっけ?

言われてようやく自分がさっきまで見ていた夢が、このゲームの内容と酷似していることに気がつく。そして自分がいつの間にかゲームのプレイ画面を見ながら居眠りをしていたのだということも。

画面を見てみれば、主人公である勇者のステータスが表示されている。

だが橙馬はメニュー画面を開いてセーブを選択すると、そのままゲーム機の電源を切ってしまった。

「あれ？　どーして切っちゃうの？」

「今日はおしまいだ。明日学校だし、そろそろ寝ないとな」

「え？　うそ？　もうそんな時間？」

言われて鈴が時計を見れば、時刻はもう深夜十二時近くだ。

「明日は月初めで朝に親父とお袋から国際電話が来ると思うし、寝坊はできないぞ」

そう言って、橙馬がリビングの横に寄せてあった布団を引っ張りだしていく。

橘家は両親が海外出張のため、現在は橙馬と鈴の二人暮らしだった。

父は以前からよく出張はしていたのだが、そのまま海外での単身赴任になり、鈴が橙馬と同じ学園に入学してすぐに母もついていってしまったのだ。

今はときどき国際電話をかけて兄と自分の近況を聞いてくるくらいだ。

おかげで学生の身分でありながらも、こうして休日は夜遅くまでリビングルームに布団を持ち寄ってゲーム三昧《ざんまい》の日々を送れていた。

「とにかくお前も早く寝ろよ。明日寝坊して朝食抜きとかは勘弁な」

「えー、もうちょっと起きてようよ～、あたしお兄ちゃんのチョップで目が覚めちゃったし、あんな怖い夢見たからすぐになんて眠れないよぅ」

「目瞑ってればそのうち寝れるって。んじゃな、お休み」

橙馬は冷たく言って、そのまま背を向けて横になってしまう。

「ひどーいっ。お兄ちゃんのばかぁ……」

鈴は兄の体をぽかぽかと叩きながら情けない声をあげた。

「本当に、本当に怖い夢だったんだから……」

あまりにもリアルに感じたのだ。思いかえせばまた額が刺されたように疼くほどに。

だが寝つきのいい兄は妹からの打撃をものともせず、もう寝息を立てはじめている。

放って置かれて寝てしまったことに腹が立ったが、でもさっきは自分が夢でうなされていたのを心配して起こしてくれたのだと思いだし、すぐに鈴の機嫌はよくなった。

数秒前までは恨めしく思えていた寝息を立てるひょろっとした背中も、今では頼りがいを感じる輝く背中に見える。

——お兄ちゃん……。

鈴はキュンと絞るような笑顔を浮かべ、兄の寝顔をそっと覗きこんだ。

規則的な寝息が立つ唇はかさかさに荒れ、半開き状態。端っこには、さっきまで食べていたスナック菓子の青海苔《あおのり》までついている。

でも鈴はそんな兄のことが大好きだった。

昔から両親が出払うことが多かったせいかもしれない。物心ついた頃には父や母より兄に懐いていた。口は悪いし、いつもなにかとかませ犬に使われてしまうこともあったが、それでも兄のことは慕っていた。兄妹という関係以上にだ。

――今なら大丈夫かな？

鈴はそっと橙馬の肩に手をかけると、罪悪感を含んだ戸惑いの表情を浮かべながら、ゆっくりと顔を近づけていく。

これから自分がしようとしていることは、血の繋がった兄妹では絶対にいけないことだとわかっていた。だけども自制が利《き》きそうにもなかった。

橙馬のことは前から大好きだった。だからこそ、鈴の顔は自然と彼に近づいていく。

――あたしのファーストキス……お兄ちゃんとキス……。

震える唇が、橙馬の生暖かな唇に重なっていく。

「んっ……」

生まれてはじめての他人の唇の感触に、鈴は小さく吐息をもらした。

それは、わずか数秒にも満たない触れるだけの軽いキス。だが鈴にとっては緊張の一瞬だった。

「ふぁ……」

ほんの少しの間だけだったのに、まるで一分近く息をとめていたような圧迫感。

――男の人の唇も、柔らかいんだ……。

顔を離し、小さな舌で自分の唇を舐めれば、さっきまで兄が食べていたスナック菓子のソース味。鈴にとってのはじめてのキスの味だ。

「しょっぱい……」

前にドキドキしながら読んだ少女雑誌のなかでは、レモンやイチゴとたとえられていたが、そんな風味はいっさいない。

想像していたものと違っていたが、鈴はそれでも満足だった。身震いするような甘い痺れが腰から胸にかけてこみあげてきて、思わず唇の余韻に目を細める。

だがそのときだ——

「へぁっ!?」

突如、背中の下の尾てい骨あたりがカッ！っと熱くなり、鈴は腰を飛びあがらせた。

「いったいなに?……」

あわてて自分のヒップを見下ろすも、なにも異変はない。

——キスすると。お尻もドキドキするの？　そんなまさか。

そんなこと、少女漫画のどこにも書いてなかった。生まれてはじめての不思議な感触に不安な気持ちが生まれてくる。

——やっぱり、いけないことしちゃったからかな……。

だが、その脈動はすぐに落ち着きはじめ、鈴はようやく胸を撫ぜおろした。橙馬のほうを見下ろせば、なにも気づかず寝息を立てている。

——あたしも、寝よ。

たぶん変な夢を見て、兄にキスをしてしまったことで、気持ちが高ぶっているせいだからだ。こういうときは、とにかく休んで頭も身体も落ち着かせたほうがいい。

鈴は側にあった毛布を引き寄せ兄の体にかけると、一緒にそのなかにもぐりこんだ。

——今日のことは秘密にしなきゃ。

血の繋がった実の兄にこんなことをするなんておかしいと思う。

もしこのことを兄に知られたら嫌われてしまうに違いない。「気持ち悪い」と蔑《さげす》まれ嫌悪されてしまうに決まってる。

——お兄ちゃんに嫌われるのだけはやだもんっ。

鈴は兄の体にぴったりとくっつきながら、いけないことをしてしまった自分に多少の罪悪感を覚えつつも、ファーストキスの達成に満足げに瞼をおろしていく。

——えへへ、お兄ちゃんとキスしちゃった。

おかしな夢の記憶も、お尻への衝撃も、幸せな眠りに落ちていく鈴には、もうどうでもいいことになっていた。

初体験クエスト☆☆妹はドラゴン、俺は勇者!?

学生にとって、休み明けの朝ほど憂鬱《ゆううつ》なものはない。夢のような日曜日が終われば再び忙しい学生生活がはじまる。多くの学生はそれでも「仕方ない」と自分に言い聞かせながら登校していく。橘橙馬も、そんな学生の一人だ。

特に今週の月曜日はいつも以上に気分が重い。登校の身支度を整え、自室から廊下に出ると、さらに気持ちは重苦しくなる。

——たぶん今日も無理だろうな……。

半ば諦めた気持ちを抱えて、橙馬は鈴の部屋のドアをノックした。

「おい、起きてるか?」

声をかけると、数秒置いて部屋のなかから「うん、起きてるー」と返事が聞こえる。

その声はいつもと変わらない元気なものだったが、ドアは内側から十センチほどしか開かれなかった。

ドアの向こうに現れた妹はパジャマとナイトキャップ姿。それを見て橙馬は不安の混じった声をもらした。

「もしかして……今日もか？」

「うん、今日も……。でも、よくなってきてるから、もう少ししたら学校行けるよ？」

「……でも本当に大丈夫か？　病院にいかなくて。もし大きな病気だったら――」

「そ、それは大丈夫。熱もさがったし……ちょっと安静にしていたいだけだよ」

「そっか……わかった」

橙馬がどこかよそよそしい妹に不審がりながらうなずくと、ドアの隙間からおずおずと鈴の手が伸びでてきた。手に握りしめられていたのは小さなメモだ。

「それでね。今日学校の帰りにこれ買ってきて」

そこに食材や調理用雑貨などが書かれている。パン粉にひき肉、タマネギなどから察するにどうやら今夜はハンバーグらしい。

橙馬はメモを受け取りながらも、多少心配になりながら尋ねた。

「そんな手のこんだ料理なんて作らなくてもいいのに。体調……悪いんだろ？」

「で、でも一日中寝てると身体動かしたくなるんだもんっ。お兄ちゃんだって、ここ一週間コンビニのお弁当とかで飽きたでしょ？」

「そりゃぁそうだけど……」

「リハビリだよリハビリ！」

橙馬はなんとなく焦った様子の妹に「リハビリねぇ……」眉をひそめてみせた。

ドアの隙間から見た鈴は特に咳をしている様子も、顔色も悪くない。

本人でないので「体調が悪い」と言われたらそれまでだが、橙馬にはどうにも鈴が仮病を使っているようにしか見えなかった。

そんな兄の怪しむ態度に鈴も気がついたのだろう、「えーと……」気まずそうに口を濁す。だがそのとき、突如自宅のチャイム音が家中に鳴り響き、鈴はせき立てるように言った。

「ほ、ほらほら！　お兄ちゃん。夏香《なつか》さん迎えに来ちゃったよ？　行かないと」

「お、おう。そうだな」

腕時計を見ればもう登校時間だ。橙馬がメモをポケットに入れると鈴は「それじゃあ行ってらっしゃいっ」と早口で言ってドアを閉めてしまった。

あまりによそよそしい妹の態度に戸惑いながらも、いつまでもここでこうしているわけにはいかない。

橙馬は首をかしげながらも鞄を持って玄関へと向かっていった。

「悪い、夏香。待たせた」

急いで玄関の扉を開けると、そこに一人の少女の姿があった。

歪みのない長いロングヘアーに、きっちりと着こまれたブレザーの制服姿、そして意志の強そうな瞳は、彼女の性格が真面目だということをありありと表している。

彼女の名前は門脇《かどわき》夏香。橙馬の幼少の頃からの幼なじみだ。家が近所で両親同士も交流があったこともあり、両親出張中の橙馬たちの家に様子を見に来てくれている。

夏香は、玄関から靴を履きながら出てきたのが橙馬一人であることを確認すると、心配そうに眉をひそめた。

「おはよう。って、あれ？　もしかして鈴ちゃん今日も？」

「ああ。なんかまだ身体がダルいらしい」

「そう。でも心配ね。もう一週間でしょ？　学校休んでるの」

「まあ……な」

鈴が「体調が悪い」と言って、学校を休みだし、もう一週間が経とうとしていた。

「兆候とかはなかったの？」

「兆候かぁ……」

鈴が学校に行かなくなる前日は、リビングで夜更かししながらゲームをやっていた。

鈴はいつもと変わらない様子で自分の側に座っていた。

思い当たるふしといえば、途中で眠ってしまって変な夢を見たと騒いでいたくらいだが……特にそれが体調が悪そうな兆候とは思えない。

橙馬が「なかったなぁ」首を横に振ると、夏香は顎に手を添え、深刻そうに唸った。

「んー。でもそれって、やっぱり登校拒否じゃないのかな。もしかして鈴ちゃん、学校でイジメられてるとか？」

「いや、それはないと思うけどなぁ」

帰宅すると自分よりまだ帰宅時間の早い一年である鈴のクラスメートたちが、鈴の部屋にノートを届けに来ては、仲良く話しているのを何度か見たこともある。

それに学校でなにか問題があったという話は聞いてない。むしろ入学してからは人一倍学園生活を満喫しているようにも見えた。

「確かに部屋からは出てこないけど、夜とか友達と電話で話してるみたいだし、本人も学校に行きたがってるみたいなんだけど」

「じゃあいったいどうしてこうなったのかしら。おじさんたちには連絡してみたの？」

「いや……それもまだしてない」

「ちょっと、なにも連絡してないの？……あと数日休みつづけるなら、おじさんやおばさんに言ったほうがいいわよ」

「わかってる。わかってるって」

幼なじみに強く言われ、橙馬は苛立ちながら首を何度も縦に振ると、学園に向けて歩きだした。

「とにかく今は学校行こう。遅刻しちゃうから」

「あ〜もう……またそうやって話すり替えて——」

「すり替えじゃなくて本当に遅刻しそうなんだってば」

確かに鈴のことも心配だったが、今はそうやって長話をしている暇なんてない。

かといって、妹の問題を無碍《むげ》にすることもできない。

「今日帰ったら、ちゃんと話するつもりだからさ」

こうやって登校拒否になった理由があるにせよ、このままずっとこの状態でいいはずがない。両親がいない今、家で妹を教育指導する立場にあるのは自分なのだ。

「仮病の登校拒否かどうかぐらいはちゃんとはっきりさせるよ」

「本当？　絶対よ。私だって鈴ちゃんのことが心配なんだから」

「わかってるって」

背後から急かしてくる言ってくる幼なじみに、橙馬は苛立ちつつうなずいたのだった。

二階の自室の窓からそっと外の様子を見下ろせば、兄と夏香が小走りに学校に向かっていく姿が見える。

カーテンの隙間からそれを見届けた鈴は、「はぁ……」安堵と寂しさの混ざったため息をついて、ベッドの上に腰かけた。

「今日も学校……行けなかった……」

机の上には、先日クラスメートたちが持ってきてくれたプリントや授業ノートなどが折り重なって乗っている。一番上にあるプリントに視線を向ければ、そこには一年生である鈴たちに向けた部活への案内が書いてあった。

「部活かぁ……」

兄の橙馬と同じ学園に入学してまだ一カ月。憧れていた高校生活は夢のように楽しかった。友達もできたし、兄と一緒に登校もできる。部活もこれから頑張ろうと思っていたところだ。

だが、今は登校することができず、こうして橙馬に仮病の嘘までついて家に閉じこもってしまっている。そんな自分がイヤで仕方がなくなってくる。

学校に行きたくても行けない理由。それは鈴のパジャマの裾からにょろっとはみ出している一本の尻尾だった。

「よりにもよってなんでこんな尻尾なんだろ……猫とか犬とかのふさふさの尻尾のほうがまだ可愛いのに……」

まるでワニとトカゲをかけ合わせたようなその尻尾は、今から一週間前、兄にこっそりとキスした日の翌朝に生えてきた。

最初は巨大なイモリが下着のなかに入りこんでいるのかと思ったし、悪い夢かなにかだとも思った。だがそのパジャマからはみ出している尻尾の付け根は自分のヒップの上にあり、いくら引っ張っても抜けることがなかったのだ。

それに身体に起きた異変は、尻尾だけではなかった。

「この頭……」

頭にかぶっていたナイトキャップをとれば、こめかみの両側からツンとした小さな突起物。まるで節分の日にかぶる鬼の面についたような角が生えはじめている。

「また大きくなってる気がする……」

尻尾が出てしばらくしてから、その瘤《こぶ》は日を追うごとに鋭さを増し、そして今日に至ってはもう髪の毛の間から飛びだして見えるほどに成長してしまっている。

「もうっ、早く消えないと、ちょん切っちゃうからねっ!!」

憎々しげに手にしていた尻尾を払うと、尻尾はしなりながら、ぴしゃり！と鈴のヒップの上を跳ねる。

「あぐっ!!」

その動きは、まるでもう一つの意思を持っているようだ。叩かれた涙目で見下ろせば「ざまあみろ」と、言わんばかりに挑発的に揺れている。

「うう……どうしようこれ……」

尻尾と角があるなんて橙馬に知られたらどうなってしまうのだろう。絶対に気味悪がられるに違いない。

「こんなんじゃ、学校も行けないし、お兄ちゃんにも嫌われちゃうよぅ」

一人ぼっちになった橘家のなか、角の生えた頭を抱えながら鈴はうずくまる。

するとだ。まるでそんな落ちこんだ自分を慰めるかのように、すりすりと背中を誰かが撫でさすった。

「……え?」

涙目を浮かべて振りかえれば、ゆらゆらと自分から生えた尻尾が揺れている。

「あたしのこと、慰めてくれるの?」

孤独な部屋のなか、それがたとえ悩みの種である異形な尻尾だろうが、たとえ自分から生えているものであろうが、鈴にはありがたい励ましだった。

「ごめんね……。気持ち悪いなんて言っちゃって……」

自分を慰めてくれている様子の尻尾に声をかけ、鈴が微笑みを浮かべる。

「でも、お兄ちゃんに嫌われちゃうのだけはイヤなの……」

橙馬のことを考えると、鈴の胸は押しつぶされそうなほどに息苦しくなる。

それと同時に身体の奥底がもどかしげに疼き、鈴はビクリと身体を震わせた。

だ。

それは鈴の身体に異変が起きた一週間前からの不思議な現象だった。角や尻尾とは違い、目に見えた変化ではなかったが、こそばゆい感覚に身体が震えることがあるのだ。

そしてその不思議な疼きを抑える方法は、たった一つしかないということにも気がついていた。

「朝からこんなことするなんて……」

自虐的に呟くと、鈴はベッドに腰かけたパジャマ姿の自分を見下ろし、自然と指を胸の上へと乗せた。

「あたし……なにやってるんだろう……」

いけないとは思いつつも指を震わせながらパジャマのボタンをはずしていく。

それだけで、両足同士をぴったりとくっつけたくなるほどに、太腿の付け根の奥がキュンと唸る。

やがてすべてのボタンがはずれると胸もとが大きくはだけ、そこにふくらみが二つ顔を出す。年齢的に発達途中でありながらも、すでにそこは大きな実りを見せている。

「こんなことしちゃ……いけないのに……」

切なげに呟きながら、鈴は指先を自らの胸の上へと乗せた。柔肉の丘の斜面が少女の指でぷにゅりと歪む。指先に感じるその感触はまるでプリンのような柔らかさだ。

「ん……ふぁ……」

こうやって身体が疼いているとき、感度は素晴らしいほどに研ぎ澄まされている。ちょっとしたことでも呼吸が乱れてしまう。

「……あぅ……気持ちい……」

小豆ほどの小さな桜色の乳首に指が到達すれば、鈴の身体はピクンピクンと痙攣《けいれん》したように飛び跳ねた。

「くぅ……んんっ、ふっ」

目をぎゅっと閉じ、口もとをきゅっと絞って声をこらえようとしても、自然と断続的に吐息があふれてしまう。

身体を強張らせ、鈴は指先が胸に与える感触から耐えようとしていた。自らの意志で指先を胸へあてがい、弄《もてあそ》んでいるというのに、心はやはり頑《かたく》なにこの行為をいけないと思う。

だが身を硬直させればさせるほどに、柔らかなバストは敏感に反応してしまう。

指先を当てて、左右に乳首を揺らしただけなのに、すでにパジャマの下では熱い蜜が溢れはじめているのがわかった。

「ああンッ……はぁ、はぁ……ダメ……ぬるぬるして……ふぁっ」

ベッドに座り、太腿をもじもじと擦り合わせながら鈴は身悶えた。素肌になった上半身はまだ涼しげな春先だというのに、うっすらと汗をまとっている。

指先で左右に揺らしながらこねていた乳首は、ツンと立ちあがりを見せはじめ、鈴の気持ちはさらに戸惑いと高揚に包まれた。

「ん……あたし、こんなバカなこと……あふぅっ……ダメなのにぃ……」

罪悪感が浮かびながらも、指先で触れているだけでは飽き足らず、次の瞬間には手のひら全体で胸の柔らかさを堪能している自分がいる。

不思議な甘い痺れを身体中に起こすことに貪欲になっていた。

そして胸の先をつつき、揉みまわしながらも鈴の視線はさらに下へ——。指先がするすると下腹部へと流れ落ちていった。

「これ以上は……ダメっ……なのにっ……あたしのばかぁ……」

自らを叱咤《しった》しつつも、手の動きはとめられなかった。

パジャマのズボンのなかに手を差しこもうとすると、先ほどまで静観していた尻尾が、待ってましたといわんばかりに、うねりながらズボンを引きおろしていく。

膝下までズボンをさげられ、下着があらわになり、鈴は小さく唾を呑んだ。

今から自分がしようとしていること。それが兄へのもどかしい思いを収められる唯一の行為だと知ったのは、ついこの間のことだ。

そして胸だけならまだしも、自分の下腹部に触れるその行為が、どんなことなのかということを知ったのも最近だった。

身体のなかの最も禁忌な場所に触れるという、快感を求めるだけの罪深い行為に、罪悪感が押し寄せてくる。

だが今はその感情すらも自分を奮い立たせるのに一役買ってしまう。

「んっ……お兄ちゃ……」

大好きな兄の名を切なげに口にし、目を閉じてその姿を思いだす。

ちょっとイジワルで、でも自分のことを心配してくれる優しい兄。

今よりずっと幼い頃「お兄ちゃんのお嫁さんになる！」と言ったことがある。

あのとき、橙馬や両親たちは、鈴の言った言葉が、いずれそれが成長とともに消えてしまう、単なる子供の夢だと思ったに違いない。だからこそ愛しさと少しだけの儚《はかな》さをこめた笑みを返してくれていたのだろう。

でも、鈴のなかでその夢はいまだ変わっていなかった。叶わないことだとわかっていればいるほど、橙馬への愛しさはさらに膨れあがっていく。

どうすることもできないもどかしさは、鈴の指を積極的に動かす糧となっていた。

「お兄ちゃん……」

鈴は再び愛する兄の名を呼び、太腿の付け根がある、下着のクロッチ部分にそっと指を押し当てた。そこはすでに熱く湿っており、押しつけた指先に布地の裏からじんわりと蜜が溢れてくる。

白い下着の向こうからは、ぷっくりとしたピンク色の陰唇が透けている。

こんなにもはしたなく濡れてしまっている自らの下腹部を見て、鈴の高揚はさらに高まった。

おずおずと指先でクロッチの横の隙間をつまんで引っ張れば、反対側から淡く薄い陰毛に包まれた、双葉が姿を現した。

一週間前に生まれてはじめてまじまじとそこを見たのだが、あまりにも入り組んだ不可思議な形に戸惑いを隠せなかった。もちろん今だってそうだ。

だが、指をその割れ目に添えれば、胸よりも柔らかな肉の感触。

蕩《とろ》けるような熱と、トロついた蜜が指にまとわりつき、鈴はさらに甘い声をあげた。

「んんっ……あぁンッ……」

肌とは違う、敏感すぎる内膜が露出した場所に触れるだけで、腰がぎゅっと絞られるような快感が生まれていく。

愛液を充分に含んだ花弁がまるで吸いつくように鈴の指へと密着する。

張りついた指を左右に動かせば、小さな花びらはひらひらと舞い、滑った蜜をベッドシーツへと垂れ落としていく。

橙馬のことを思えば思うほど、指先は貪欲に花びらを撫でさすり、濃厚な蜜が花弁の奥から溢れてくる。ツンとしたなんとも言えない甘酸っぱい自らの粘液の香りに、自然と鼻がヒクッと鳴る。

「あう……エッチな匂い……してきた」

自分のなかから分泌される、まるで媚薬のような不思議な香りにさらに身体は熱くなる。

気持ちいい……でもこれはいけないこと。

背徳感が募れば募るほど、それとは反対に身体を覆ってくる快感。

秘裂の入り口をぬるぬると何度も擦りたてるうちに指先は、花弁の先端にある小さな突起へ触れる。

途端、痺れるような甘い電流が生まれ、鈴は全身を小刻みに震えさせた。

「あっ……熱い……ここ触ると熱くなってて……んんっ」

指先に押しつぶされた肉芽が、簡単に鈴の手によってひしゃげられ、断続的に甘い感覚が身体を覆っていく。

戸惑いはあっという間に弾け飛んでいた。

「んっ……あっ……ふぁっ……」

——あたしの身体……どんどん変になってく……。

パジャマをはだけさせ、あらわになっている肌はうっすらと紅潮している。ふるふると揺れるたわわなバストの先端は尖《とが》り、内太腿はべったりと汗ばんでいる。

「……手が……はぁっ……とまらないよぅっ……」

指先を動かすたびに、くちゃくちゃと粘った水音とともに蜜が溢れ、内太腿をくすぐるように垂れ落ちていく。

鈴はさらに快感をむさぼるように、指をもう一本増やしていた。二本の指先が交互に肉ヒダをまくりあげていく。

柔軟ながら弾力のある内膜の入り口は、何度鈴の指に弾かれてもすぐに元の形へと戻っていく。

子宮の奥がキュッと締まっては解け、さらに貪欲に指先を求めているようだった。

だが鈴にとって、ソリッド部分に指をあてがうことしかできなかった。ここから先、自分が求めていることは明確にわかっていたのだが、さすがに躊躇《ちゅうちょ》してしまう。

「これ以上は……ダメっ……」

下腹部の奥、空虚な肉の空洞が空しげに疼く。でもダメなものはダメなのだ。

「はじめては……大事な人に……んっ……あげるんだから……」

それが叶わぬ願いだとわかってはいた。自分にとって大事な人は、血の繋がった実の兄だ。

「もう……終わりにしなきゃ……」

身体の火照《ほて》りはいまだつづいていたが、これ以上進むことができないことに、少しだけ理性を取り戻した鈴は、指先を割れ目から離した。

だがそのときだった。

パジャマのズボンをズリさげたあと、さっきまでは鈴を静観していた尻尾が突然うねうねと動きだし、鈴の指が這う膣口めがけて先端を動かしてきたのだ。

「ひゃんっ!! ダメぇ……」

突然の暴走に、鈴はあわてて尻尾をつかもうとする。だが別の意志を持ったようにその手を振り払われてしまう。

「や……やだ、だめぇっ……勝手に動かないでぇっ!!」

だが鈴が身を捩らせ、いやがる声を出せば出すほど、尻尾は自分の意志とは反対に激しさを増していく。

さっきまでささやかな動きをしていた自分の指とは格段に違う、激しい動き。

硬い尻尾の先端がぐいぐいと秘裂を上下に擦りたててくるのだ。

まるでそれは、自分ではない第三者に悪戯《いたずら》をされているような光景だった。

「お願い……なかはダメっ……あふっ!! んんっ」

絞るように声をもらし、涙目で懇願するが、勢いは収まらない。

一瞬、鈴の頭のなかに兄の顔が浮かんだ。

——これが、お兄ちゃんだったら……。

そう想像してしまうのだ。いつもゲームのコントローラーを持っている兄の手をよく見ていた。目を閉じれば、少しごつごつして骨張った手が思い描かれる。

その手が今、自分の下腹部をまさぐっているとしたら——

「んんっ……お兄ちゃんっ……」

鈴は振り絞る声をもらし、退けられていた手で側にあったクッションを抱きしめた。

たっぷり綿のつまったクッションに、ぎゅぅっと胸を押しつけて目を閉じながら、自然と足がサイドにひろがっていく。鈴の頭のなかでは、兄が自分の下半身を見つめながら激しく、妹である自分に触れてくる。

「お兄ちゃんの指……ああっ……欲しいよぅっ……」

尻尾は先端を鈴の蜜で濡らしながら、強く彼女のラビアの間を行き来し、さらに鈴の感情を取り乱してくる。

クッションを抱きしめていた手に自然と力が入り、鈴はゆっくりと腰をくゆらせながら、胸先をすりすりとクッションの側面に押しつけた。

柔らかなクッションカバーが鈴の乳首をコリコリと擦っていく。

「き、気持ちい……ああっ、いけないのにっ、こんなことしちゃいけないのにぃ!!」

再び燃えあがった欲望はとまらなかった。淫らにパジャマをはだけさせ、華奢《きやしや》な肩を震わせながら鈴は首をのけ反らせ、快感に溺れていく。

兄の橙馬に下腹部を弄くられる妄想が、さらに強くなる。

頭のなかに浮かぶ橙馬の表情は、苦しげなような、それでいて口もとはやんわりと微笑んでいて、鈴の劣情を煽る。そのときだ――

「ふぁっ!?」

現実で尻尾が大きく波打ったかと思うと、いっそう強く割れ目を行き来しはじめ、鈴はハッとなって目を開き、足の間を見下ろした。

蜜に濡れて光った尻尾が、柔肉の溝を擦り、どんどんと揺れ幅を大きくしていく。

「あっ……やっ、ダメっ……そんなに激しくしたら怖いよぅっ!!」

だが尻尾の先端は鈴の制止の声など、まったく気にせず、その先端を鈴の今一番敏感な場所へと波打たせた。

ピシャ!と音をたて、尻尾の先端が小さな肉芽の上を跳ねる。

耐えていた鈴の身体が爆発した。

「ああっ!!　ひぁっ!!」

自分でも驚くような裏返った嬌声があがる。頭が真っ白になるほどの快感の波が押し寄せ、全身が燃え滾《たぎ》るように熱くなる。

膣口からどわっと蜜が溢れ、子宮の奥がすぼまる。

鈴は目を強く瞑りながらまるで遠吠《とおぼ》えをするように喉を振り絞った。

「……やっ……はぁぁぁっん!!」

自分しかいない部屋のなか、鼻にかかるような甘い悲鳴を響かせる。

そしてそのままばったりとベッドにあお向けに倒れこんだ。内太腿がぶるぶると痙攣し、指先を咥《くわ》え損ねた肉ヒダが、名残《なごり》惜しそうにひくひくと動く。

脱力した身体は鉛のように重くなる。

それが「イク」ということだとはまだ知らなかった。

「はぁ……はぁ……」

鈴は汗ばんだ身体を大きく上下させ、去っていった波の余韻に浸った。

「あたし……またイケないことしちゃった……」

自慰行為が終わったあとの指先に下着、ベッドシーツもどんどん冷たくなっていくのが感じられる。

「お兄ちゃん……」

果てた身体をベッドに横たわらせたまま天井を見上げた鈴は呟いた。

「今日からちゃんとしなくちゃ」

視線をゆっくりとおろし、部屋にくくりつけられたクローゼットのほうを見る。

「まずはせめて、この尻尾と角を隠さないと」

部屋から出るなら一日中ナイトキャップとパジャマじゃ怪しまれる。いまだ余韻が残るだるい身体を持ちあげると、ふらふらとした足取りでクローゼットのほうへと歩いていったのだった。


放課後、学園を出た橙馬は、近所の百円ショップに立ち寄っていた。

「えーとタマネギタマネギと……お、あったあった」

鈴から受け取っていた買い物メモを手に、目当ての品物を次々とカゴのなかに放りこんでいく。

「フライ返しだけど……。フライ返しってどれだ？」

だが調理器具売り場までやってきたところで、目の前の棚に並べられたたくさんの器具を見て困惑してしまう。

フライ返しといえども、お好み焼き屋で見かけるのっぺりとしたタイプに、先端が丸くなっているタイプ。それに細い穴が開いているタイプもある。

しかも素材はステンレスに、ゴム、テフロンと豊富だ。

「これってどれでもいいのか？」

ここに鈴がいれば、料理好きな妹のことだ、すぐに見分けはつくのだろうが、自分にはさっぱりわからない。

確実な決断ができなかった橙馬は、細い穴が開いているタイプを手に取った。

「まあ、これでいっか。あとはなんだっけなぁ……」

どうせ店内にあるものはすべて百円なのだ。失敗しても痛い出費ではない。つかんだフライ返しをカゴに突っこみ、再びメモに視線を落とす。だがそのときだった。

『ついに目覚めたのだな……マスター』

「へ？」

突然、頭のなかに響くような声が聞こえた。

あわててあたりを見渡してみるが、誰も自分に声をかけた様子の人はいない。

『こちらだ。マスター』

再び声が聞こえ、その方向に視線を向ける。

するとさっきまで手にしていたフライ返しがカゴのなかでやんわりと光を浮かべており、橙馬は思わず声をあげてしまった。

「うわっ!!　なんだっ!?」

だがフライ返しはそんな橙馬の驚きには大した反応もせず、淡々とした様子で語りかけてくる。

『幾千の時を超え、生まれ変わったとしても、貴方様の勇者としての素質は眩しいほどに伝わってくる』

「は、はぁ？」

『しかし、こうしてマスターと私が再会したということは、再びこの世界に闇が覆いかぶさろうとしているのかもしれぬ。……手放しに喜ぶことはできない。そうは思わぬか、マスターよ』

まるで元々知り合いだったかのような馴れなれしさだ。だがフライ返しとなど間違っても過去に交流など重ねたことはないし、マスターなどと呼ばれる筋合いもない。そもそも無機質なものが喋れるはずがないのだ。

「ちょ、ちょっと待ってくれよ……えっとお店の人――」

これはなにかの間違いだ。橙馬は悪戯かと思い、まわりを見渡す。だがそんなことなどかまわず、フライ返しは声を発しつづけた。

『とにかくここは人が多くてまずい。どこか場所を変えて話を……』

「場所って……オレはフライ返しと腰を据えて話す気なんてないぞ」

『しかしこれは運命なのです、マスター。すべては星の導き、抗《あらが》うことなどできない』

「……なに言ってるんだかさっぱりだ」

とにかくこんなバカなことがあるわけがない。橙馬はフライ返しを元あったフックへと引っかけると、その売り場から離れていく。

『ああっ!!　待たれよマスター!!』

背後から哀れな声が聞こえてくるが無視だ。

確かに自分は昔からゲームが好きだ。特にロールプレイングなどは好んでよくやる。だからと言って、夢と現実の区別はついてるはずだ。

それに今はそんなおかしな妄想に関わっている場合じゃない。自分にとって今一番大事なのは妹の鈴のことだ。不可解な出来事に関わっている時間なんてない。

橙馬はさっさと買い物をすませるべく店内を動きまわっていく。だが――

「お、おい!!　なんでカゴのなかにお前っ!!」

頼まれたものをすべてカゴに入れ、レジ前に持ってきたところで再び声をあげることになった。いつの間にかステンレス製のフライ返しが、最初から「買うつもりですよ」と言わんばかりに食材の間から顔を出していたからだ。

しかもすぐにハッとなってカゴから顔をあげれば、目の前ではいかにも不審者を見るようなレジ店員の姿。他の客も突然叫んだ橙馬を怪訝《けげん》な様子で見ていた。

――オレ、なにやってんだろ……。

あまりにも気まずく、橙馬は顔をカァッと赤くさせてしまう。

「あの……それ、お買いあげになるんですか？」

「あ、いや……はい。これもお願いします……」

レジ店員に恐る恐る声をかけられてうなずくことしかできなかった。

『やはりマスター。貴方は話がわかる』

パン粉やタマネギと一緒にビニール袋に押しこまれながら、フライ返しが得意げな声を出した。


「あ、お帰りお兄ちゃん！」

帰宅してキッチンに入った橙馬を迎えたのは鈴だった。ちょうど夕食の準備をはじめようとしているところなのか、エプロンを手に元気よく橙馬に微笑んできた。

「頼んだもの、買ってきてくれた？」

「お、おう……っていうかお前、なんて格好してるんだ？」

だが鈴の格好はあまりにも不可思議なものだった。

普段豊かなツインテールが揺れる頭には、二つのでっぱりのついた猫帽子。そしてミニスカートの下からはファーで作ったらしい手製の巨大な猫尻尾。

「そんな格好して暑くないのか？　っていうかなんだその中途半端なコスプレ」

「むぅっ!!　コスプレじゃないもん、ファッションだもんっ!!」

「あ、そう……」

ぷくっと頬を膨らませた妹に橙馬は呆れたが、しかし一週間ぶりにしっかりと拝むことのできた妹の元気な姿だ。

「ファッションねぇ……」

その奇抜なファッションに驚きつつも、自然と笑みがこぼれそうになる。

——なんだ、元気じゃないか。

一週間ぶりに見たドア越しでない妹の姿は健康そのものだった。顔色も悪くない。

「まあずいぶんと元気そうでよかったよ。これなら明日から学校もいけるな」

「そ……そうだね！　あ、それじゃあ買い物袋ちょーだい、お兄ちゃん」

「お、おう、ほら」

しかし、やはりどこかたどたどしさが残っている。妹の姿に多少戸惑いながらも買い物袋を手渡すと鈴は「ありがとうっ」なかから食材を出して確認していく。最後にはもちろんフライ返しもだ。

それを見た瞬間、橙馬は「あっ！」と小さく声をあげた。

「そ……それはっ……」

「ん？　どうかしたの？」

「いや……」

フライ返しは自宅へ戻る途中も「前世」だとか「ドラゴン」だとか「勇者」だとか、意味のわからないことばかりを話していた。

だがなぜか今はピクリとも反応せず、鈴の手に握られている。

——気のせい……だったのか？

「いや、なんかフライ返しってたくさん種類があってさ……それでよかったのか？」

とっさに言いわけを伝えた橙馬に、鈴はニコニコとうなずいた。

「うん。大丈夫だよー。穴が開いてると料理もくっつきにくいし。ありがと」

「そっか……。じゃあオレ、先に風呂入ってくるから、料理よろしくな」

「うん、まかせて！」

やはりさっきまでのフライ返しとの一連のことは夢だったのかもしれない。

ぽりぽりと頭をかきながら、そしてフライ返しのことを気にかけながらも、橙馬は浴室へと向かっていった。


「あれー？　もうご馳走様なの？　お兄ちゃん」

「はーもう無理、入らない」

夕食の席で妹に尋ねられた橙馬は、膨らんだ胃をさすりながら、テーブルの上を見下ろした。

「それにしてもすごい量だな……」

放課後、鈴に頼まれて買った食材も、元々あった冷蔵庫のなかにあった食材も、大したものはなかったと思う。

　だが食卓に並べられた料理は種類も豊富。とても二人では食べきれない量だ。現に腹がいっぱいになった今も、おかずは半分以上残ってしまっている。

「こんなにたくさん作らなくてもよかったのに」

「えへへ〜、久しぶりだからね。頑張っちゃった♪　おかずは日持ちするのも多いし、また明日食べればいいよ」

「まあ、それもそうだな」

　鈴の手料理は、お世辞ではなく普通に美味かった。

　妹と同年代の女子がいったいどこまで料理ができるかは知らないが、少なくとも先月まで同居していた専業主婦の母よりも美味い。

　それに一週間ぶりの妹の振る舞う家庭料理に、橙馬もいつも以上に箸が進んだ。

　鈴のほうを見てみれば彼女も、もう食後のお茶に手をつけて啜っている。

「は〜、お腹いっぱいだと幸せな気分だねぇ〜」

　顔を緩め、すっかり和む妹。その姿を見て、なんとなくタイミングを見計らった橙馬は学校について尋ねることにした。

「そういえばお前、なんの部活入るんだ？」

　鈴は中学のときは体操部に所属していたのだが、今の学園にはそれがない。それを承知で自分と同じ学園に入学したのはわかっていたのだが、どうするのだろう。

不思議に思って尋ねると、鈴は少しばかり躊躇した様子で答えた。

「えっと……チア部に入ろうかと思って……」

やはり『学校』について聞かれたことに動揺しているようだ。

「チアリーダー部か。なるほどなぁ」

でも確かにチア部なら、身体を充分に動かすことができる。

「じゃあ明日はちゃんと学校行かないとな、新一年生の部活の希望は明日かららしいし、早めに届けを出さないと定員割れで入れなくなるから」

「そ……そだね」

鈴は気まずそうにうなずくと、すくっとダイニングの椅子から立ちあがり、自分の空になった茶碗と箸を洗い桶のなかへと入れた。

「じゃあ、あたしはお風呂入ってくるから、洗いものはお願いね」

「おう。今日は風呂入ったら早く寝ろよ」

「うん。わかってるよ。それじゃあね」

強張った笑みを浮かべてうなずくと、ふわふわの尻尾を揺らしながら、逃げるように浴室に向かって去っていってしまう。その姿を見て、橙馬はやはり不安になった。

今日は部屋から出てきてくれたし、明日は学校に行くと言ってくれたが、やはりたどたどしい。特に学校の話に、だ。

「やっぱり……オレが言うだけじゃダメなのかな……」

そう思い、頭に浮かぶのは真面目な幼なじみの顔だ。明日の朝、もしもまた登校するのを渋ったのなら、彼女に頼んだほうがいいのかもしれない。

「でも……オレがなんとかするって言っちゃったしなぁ……」

今朝、一週間なにも行動しなかったことを指摘され、思わずムキになって「ガツンと言う！」なんて答えてしまったが……正直、そんなことできそうもなかった。

自分がなにか変なことを言って、妹を泣かせるのが怖いのだ。

「もし深刻な悩みなら、むやみに学校行けなんて言っても、傷つくだろうし……」

橙馬にとって鈴は普段は言葉に出して言わないにしろ可愛い妹だった。

幼い頃からいつも「お兄ちゃん、お兄ちゃん」と言っては自分のあとをついて歩き、小さくて、そしてときどきちょっとした悪戯をしたくなるほどだ。

「どうすりゃいいんだ……」

橙馬はキッチンの洗い桶のなかでガチャガチャと食器を洗いながら唇を噛みしめた。

すると突然、洗い桶のなかから声が響いた。

『うじうじと悩むなど、マスターらしくないですぞ』

「うわっ!?」

思わずひっくりかえりそうになりながら声のほうを見れば、泡だらけのフライ返しが洗い桶のなかで直立している。

「お……お前はフライ返し！　やっぱり喋れたのかっ!!」

『フライ返しではなく、ルビスティアです。マスター。以前のようにルビと呼んでくれてもかまいませぬ』

再びルビスティアと名乗ったフライ返しが、焦げたハンバーグの欠片《かけら》をくっつけながら恭《うやうや》しく答えてくる。

――やっぱ、幻じゃなかったのか……。

「いったい全体どういうことなんだよ」

問題はどうやら妹のことだけじゃないようだ、と橙馬が頭を抱えるとルビスティアは、『それにしても……』と、深刻そうに言った。

『先ほどの少女は、現世での貴方様の妹君なのですね。困ったことだ』

「鈴が困ったこと？　それってどういう意味だよ。それに現世とか前世なんてオレは信じないぞ」

『信じる信じないもなにも、これが事実なのです。フライ返しとして私がこの世に転生し、そして貴方も、あの妹君も……ある宿命があって再び出会ったのですから』

「は、はぁ？」

百円ショップのときでもそうだったが、橙馬には理解できなかった。

『妹が困ったこと』とはいったいなんなのだろう。それにさっきから何度も聞いた『生まれ変わり』に『勇者』ということも意味がわからない。

頭がこんがらがりそうになり、橙馬は「ちょっと待ってくれよ――」ぶるぶると頭を横に振った。

「とにかくさ、ここで喋るのはまずいから、あとでオレの部屋で話そう」

もしフライ返しと会話をしている場面を風呂上がりの妹に見られたら、確実に不気味がられるに違いない。

「この洗い物が終わったらちゃんと話を聞くから、それまで待ってくれ」

『承知した』

いそいそとテーブルの空の食器を集めはじめた橙馬の言葉に、聖剣がうなずく。

『その凛々《りり》しい後ろ姿。やはり貴方はまぎれもない、私のマスターだ』

「わかったから黙れよ」

崇拝的な言葉に、橙馬は悪態をつきながら食器を洗いはじめたのだった。

「で、どういうことなんだいったい。ちゃんと一から説明してくれないか」

片づけが終わり、自室へ戻った橙馬は、目の前のベッドに置いたフライ返しに尋ねた。それは橙馬自身も違和感に感じるほどの異様な光景だ。

——まさかフライ返し相手に腰を据えて話を聞くことになるとは……。

本当はこんなモノと会話をしていること自体が信じられないのだが、目の前のフライ返しは『承知した』と、フライ返しの頭の部分を折り曲げてうなずいていた。

『まずは、わかりやすいように、過去のお話からしましょう』

聖剣ルビスティアと名乗るフライ返しから語られたのは童話のような話だった。

昔、世界を滅亡させようとしていた悪いドラゴンが、人々を恐怖に陥れ、ある国の姫をさらったらしい。そんなドラゴンを聖剣とともに倒し、姫を助けたのが橙馬の前世である、勇者トーマということだった。

だがドラゴンは絶命する直前にある意味深な言葉を残した。

『ドラゴンは、再び生まれ変わって勇者トーマの愛する者を根絶やしにすると言っていました。そして今世で私とマスターは再び出会ってしまった……』

そう言って、どこか沈みこんだ様子のフライ返しに、橙馬はうんざりと尋ねた。

「ふぅん。まあ百歩譲ってオレがその勇者の生まれ変わりだとするよ。で、お前の言う悪いドラゴンってのは、どこにいるんだよ」

どうしても夢物語のようにしか感じられない。だが次に返ってきた言葉で、状況が変わった。

『困ったことにそれが、どうも貴方様の現世での妹君のようで……』

「はぁ!? 鈴がドラゴンってことか!? なに言ってんだよっ!!」

橙馬は思わず怒りをあらわにして叫んでしまった。

「そんなバカなこと、信じられるわけがないだろ!?」

『しかしこれは事実です。この体を彼女に握りしめられたとき。身も凍るような邪悪な気配を感じましたから』

「……鈴のどこに邪悪な気配があるっていうんだよっ!!」

いくらなんでも妹まで巻きこむようなフライ返しの物言いに、腹が立っている。

ただでさえ、今は妹のことが気がかりなのだ。

「そんなバカなこと、二度と言うんじゃない!! 次言ったらその軟弱なステンレスをへし折ってやるからな!!」

『何度でも言いましょう。妹君はまぎれもなく悪のドラゴン。私と貴方が再会したということは、貴方は妹君を倒さなければならない。それが運命なのです』

「——このっ!!」

たかが百円のフライ返しにここまで妹のことを悪く言われるなど耐えられなかった。

頭にカッ!!と血が上り、橙馬は目の前のフライ返しめがけて拳を振りあげた。

が、しかし『マスター!!』諫《いさ》めるような強い口調とともに、フライ返しがまばゆい光を放ち、橙馬は思わず目を瞑った。

その途端、橙馬の体が見えない強い力によって後ろに押しかえされた。

「ぐあっ!?」

背中に燃えるような痛みが生まれる。バサバサと頭の上に本が落ちてくる。

目を開けてみれば、背中に崩れかかった本棚。そこでようやくフライ返しに突き飛ばされたのだと知る。

「な……なんだよこれ……」

『悲しいかもしれませんが、それが事実なのです、ここはどうか落ち着いてくださ い』

「……そんな、鈴がドラゴンだなんて……」

フライ返しに突き飛ばされ、橙馬の気持ちはさらに焦った。こんな力を持ったフライ返しが事実だとしたら、妹のことも本当かもしれない。

「それじゃ、鈴がここ一週間不登校だったってことも関係してるのか?」

『ええ。彼女の身体のなかで異変が起きているのでしょう。おそらく、食事のときにつけていた尻尾と帽子は……ドラゴンの姿を隠すカモフラージュかと』

「わかった……そんなに言うのなら、オレが直接確認してくる」

とにかく、今はそれしか方法がないと思った。これからどうするかはともかくとして、この目で鈴の姿を確認しなくては。橙馬が立ちあがると、フライ返しもうなずいた。

『そうしたほうがよろしいでしょうマスター。幸いにしてまだ貴方様と同じく、妹君も自分の運命に気がついておりません。ドラゴンが暴走するのはまだ先のことです』

暴走とは、いったいどういうことなのだろう。あのチビで可愛い妹が暴走をするなんてことが果たして本当にあるのだろうか。

橙馬のなかでじわじわと不安は大きくなりはじめていた。


「うー、これで……大丈夫かな？」

自室にある姿鏡に映る自分を見て、鈴は困ったように首をかしげた。

学園の制服にファーで覆われた尻尾と、猫耳帽子を合わせ着した鈴は、くるくると身体を捻らせて、チェックする。

「帽子も尻尾も、やっぱり目立っちゃうよぅ……どうしよう」

兄と約束はしたが、こんな格好で通学してもいいのか不安だ。

「でもそろそろちゃんと登校もしないと、お兄ちゃんに心配されちゃうし……」

鈴としても、兄にこれ以上心配をかけさせたくなかった。特に今日の夕食時での会話から兄が自分のことを心配していると読み取れ、さらに鈴の心配は大きくなる。

「とにかく、明日はこの格好で学校に行くしかないよね？」

鈴は決意したように鏡のなかの自分にうなずいて、「さ、今日はもう寝なきゃ」とかぶっていた帽子を取りはずそうと頭に手をやった。そのときだった。

突然バタンと、ドアを開く音が背後で響き、鈴は飛びあがった。

「ひぇっ!?」

あわてて、帽子をかぶり直し振りかえれば、そこに深刻そうな顔をした兄の姿がある。

「な、なにっ!?　どうかしたの？　お兄ちゃん……」

鈴は平静を保ちつつ、笑顔を浮かべる。

しかし次の瞬間、心臓がひっくりかえるような発言を耳にしてしまった。

「なあ鈴。これは兄としての命令だ。なにも言わずに、パンツおろせ」

「んなっ!!　なに突然バカなこと言ってるのお兄ちゃん!!」

顔を真っ赤にして鈴が叫んでしまう。それは当然の反応だった。

ノックもせず入ってきたと思ったら突然の脱衣命令。誰だって驚くに決まっている。

だが橙馬の勢いはとまらなかった。

――鈴が悪のドラゴンだって？　バカバカしい。

確かに今は不登校で悩まされてはいるが、彼女は自分の大切な妹だ。

運命で自分が妹を倒さなきゃならないなんて、誰が信じるものか。

「いいからとにかくパンツ脱げ。さもなきゃ、そのおかしな尻尾を取りはずしてくれ」

「し……尻尾ってそんな……なんでいきなり……」

鈴は橙馬の言葉にビクッと身体を震わせた。絶体絶命の危機だ。

——どうしよう、あたしの身体が変だって、バレちゃう……。

「さあ見せるんだ、鈴。今すぐパンツを脱いで、こっちに尻を向けろ」

「そ、そんなことできるわけ……」

「いいから、早く、さぁっ!!」

「う、ううう……」

じりじりと手を伸ばし、緊迫した顔で迫ってくる兄の姿に、鈴は怯《おび》えてしまう。後ずさるが、ここは自分の部屋。どんどんと追いこまれていってしまう。

——どうしよう、どうしようっ……お兄ちゃん、怖いよぅ。

「や、やめて……お兄ちゃん……」

鈴は尻尾の正体がバレてしまう恐怖から、目に涙を浮かべてさらに後ずさった。だがふくらはぎになにかが当たった。それは部屋の隅に置かれたベッドだ。

鈴は「あっ」声をもらしながら、バランスを崩してそのまま半回転しベッドにうつぶせに倒れてしまう。それを橙馬は見逃さなかった。

「おとなしくしろっ!!」

「きゃあああっ!!」

一気に飛びあがり、妹の身体に覆いかぶさった橙馬は、四つんばいになった妹の制服スカートをグッと引きおろした。

「ひぁっ!?」

悲鳴とともにぷるん！と音をたててまろびでる、下着に包まれた鈴のもち肌ヒップ。

突然下半身に冷たい外気があたり、鈴はキュっと腰に力を入れてしまう。

「よし……次はパンツだ……」

暴れる妹を必死に取り押さえ、橙馬ははぁはぁと息を切らしながら、鈴の尻を覆う薄い下着へ手をかけていく。

「やだっ！　やだよお兄ちゃん、やめてぇぇっ!!」

鈴の涙声とともに、橙馬の目の前でうねうねとファーに包まれた尻尾がうねった。

ぴしぴしと、橙馬の顔めがけて尻尾の先を当ててくる。

「うぉっ!!　動くのかこれっ!!」

——まさか本物の尻尾なのか？　いや、違う。そんなことはないはずだ。

平手打ちのように尻尾に頬を叩かれながら、橙馬はしっかりと妹のヒップを見下ろし、その尻尾の根元をグッとつかんで一気に引っ張りあげた。

「わぎゃっ!?　痛いっ!!」

鈴が身を硬直させ、悲鳴をあげる。

橙馬の手にはつかんだ尻尾が抜ける感触があった。だがしかし……。

「な、なんだこれ……ただのカバーか？」

鈴の尻尾からはずれたのはファーでできていた尻尾。単なる飾りかと思い橙馬は一瞬ホッとしかけたが――

「痛てっ!!」

再び頬に熱い衝撃が生まれ、目を丸くした。

「っ!?　これはっ!!」

自分の目の前でいまだ揺らいでいたのは、まるでワニのような尻尾だった。

そこでようやく手にしたファーが、この尻尾を隠すために鈴が作ったものだということに気がついた。

「そんな……この尻尾ってまさか……」

――ドラゴンみたいじゃないか!!

唖然として見下ろせば、ベッドに押しつけられたままの鈴がえぐえぐと泣いていた。

「ううっ……見ないでお兄ちゃんっ……違うの、この尻尾は違うのぉっ」

「うそだろ……」

だが橙馬にはまだ信じられなかった。いや、妹から生えているのがドラゴンの尻尾だと事実を認めたくなかったのだ。まだなにかの冗談だと思いたかった。きっとこのうねうねと自由自在に動く尻尾は、電池かなにかで動いているに違いない。

「とにかくパンツを脱いで根元を見せろ鈴!!」

半分パニック状態になった橙馬はさらに鈴の下着へ手をかけ、一気に引きおろした。

「いやあああァッ!!」

再び鈴の悲鳴とともに、もち肌ヒップがぷるるんと揺れる。

——信じるわけにはいかない!! 絶対に!!

もはやこれは意地だった。なにがなんでも奇妙な尻尾の正体を暴いてやる! と、橙馬は真顔で、むき出しになったもち肌のヒップに顔を寄せる。

「根元が、根元があるはずだっ!!」

「お尻そんなに見ちゃいやぁっ!!」

「泣くなよ鈴。これもお前のためなんだ……お前とオレの運命がかかってるんだ!」

「い、意味がわからないよぅっ」

まるで切れ目を入れたマンゴーの実を割り開くように、両手で尻尾の付け根の接着面を探して割り開いていく。

鈴はぎゅっとヒップを閉じるが、それが男である橙馬に敵うはずがない。ゆっくりと丸みのある尻タブが開かれていく。

「あっ、あっ……お兄ちゃん……だ、だめ……」

「いったいどこからどうやって、くっつけてるんだっ」

橙馬はまじまじと妹の下半身を観察していく。だが柔らかな鱗に包まれた尻尾の付け根は、元々それが普通だったかのように、肌からしっかりと生えていた。

「そんな……」

絶対に信じたくなかった現実を直視し、橙馬は肩を落としてしまった。

人間に尻尾が……それもこんな動物的なものが生えるなんてことがあるはずがない、幼い頃に何度か一緒に入浴したときにも、こんな奇怪なものはなかったはずだ。

——やっぱりあのフライ返しが言ったことは事実ってことなのか……。

信じたくはなかったが、鈴は本当にドラゴンの生まれ変わりなのだ。

「マジかよ……」

橙馬が改めてその尻尾の存在に驚愕していると、「お兄ちゃ～ん……」ベッドに押しつけられたままの鈴が涙目で見上げてきた。

「もう、やめてぇっ……ひどいよこんなこと……うぅっ……」

「わ、悪い……」

橙馬はハッとなってつかんでいた鈴のヒップから手を離そうとした。だが鈴のほうを見下ろせば、頬を高揚させ、どうにも悩ましい表情を浮かべている。

「んくっ……」

甘い呟きをもらし、尻タブを開かれたまま、腰を妖しくくねらしていて、橙馬はごくりと唾を呑みこんだ。

それは生まれてはじめて耳にする、淫猥《いんわい》な声だった。子供っぽさが残る鈴の口から出たものだとは信じられない。

橙馬はハッと我に返り、自分の両手がつかんでいる部分を見下ろす。

部屋の蛍光灯に照らされ、つるんとテカりを帯びた、ふっくらとしたヒップ。

そして親指でひろげた尻の間にあるのは、尻尾と……淡い色をした小さな肛門に、橙馬の親指によってひしゃげられながらひろがるサーモンピンクのヒダ。しかもその膣口にはうっすらと蜜がまといはじめている。

——オレ……なにやってんだ……。

現実に引き戻された橙馬は顔を一瞬にして赤くし、固まってしまう。

生まれてはじめて間近で見る、女性の性器。それが血を分けた実の妹の身体の一部だというのに、不謹慎にも股間がギュッとズボンをせりあげてしまう。

火照った顔を妹に向ければ「お、お兄ちゃ……」自分と同じくらい頬を紅潮させた鈴の顔。相乗効果というのだろうか、まるで妹が自分を「抱いて！」と言っているような錯覚に陥ってしまう。

——いや、ないだろう。それは絶対ない！

橙馬はぷるぷると顔を横に振り、今しがた浮かんだ妹への欲望を振り払おうとする。だがつかみ開いたヒップの間を見下ろせば、まだ未熟さの残る女陰がくぱっと糸を引いている。

——オレ、なんてこと考えてるんだ。兄貴失格だ。

あわてて妹の身体から手を離し、心のなかで自分を攻め立てる。だが心とは裏腹に、ズボンのなかのペニスはどんどんと布地を押しあげてくる。

血の繋がった兄妹を目の前にした葛藤。それは橙馬だけではなく、鈴も感じていた。

——お兄ちゃんに、お尻の穴もあそこも見られちゃってる……。

四つんばいでつぶされた状態の鈴は、ベッドシーツに頬を押しつけたまま、ピンク色に熟した秘部に痛いほどの兄の視線を感じ、鈴の身体は燃えてしまいそうなほど、羞恥に火照っていた。

ベッドに押し倒され、下半身をあらわにされた自分。そして、そんな自分を押し倒し、顔を真っ赤にする兄。

確かにこの状態は、待ち望んでいたような格好のチャンスでもある。でもぶらさがっている尻尾が本物だということがバレてしまった。

だからこそ、不安が口をついて出てしまう。

「お兄ちゃん……あたしのこと、嫌いになった？」

「な、なんだよ突然――」

妹の言葉に橙馬は口をつぐんだ。だがそこでどうして彼女が一週間学校を休んでいたかの明確な理由がわかった。

「あのさ、お前、その尻尾を隠すために学校サボってたんだな」

橙馬が尋ねると、観念したように「そうだよ」うなずいた鈴が、震える手で頭の帽子を剝ぎ取る。

「こんな角と尻尾が生えてる状態じゃ、外に出れないもん」

「角まで……」

鈴の頭から生えていたピンと立った角を見て、橙馬は言葉を失ってしまう。

――本当にドラゴンなんだ……。

まだそこまで大きくはないが、角も尻尾も爬虫類《はちゅうるい》でもなければ犬や猫でもない不思議なものだ。思わず、その角に見入ってしまっていると鈴が再び悲しそうな声をあげてこちらを振りかえってきた。

「やっぱりあたしのこと、嫌いになったでしょ？」

「角や尻尾が生えたくらいで嫌いになるもんか。だってお前はオレの妹じゃないか」

「妹……」

鈴は兄の今までと変わらない言葉に、喜びを隠しきれなかった。でもそれと同時に、妹という言葉が重くのしかかってしまう。

——あたしは、お兄ちゃんの妹だから嫌われないだけなのかな……。

下半身を兄の前にさらけだしている状態でも、自分は妹という存在でしか見られていないのだと、悲しくなってくる。

「うう……でもあたし、お兄ちゃん大好きだよぅ？」

「だから、それはわかってるって……」

「違うの、家族としてじゃなくて、大好きなの……」

「え？」

「あたし……ずっとお兄ちゃんが好きだったんだもんっ。うあああぁんっ!!」

そう言って、ついに鈴は声を出して泣きだしてしまった。自分の気持ちを抑えきれなかったのだ。

——どうしよう、泣いちゃったらお兄ちゃんにもっと嫌われるかもしれないのに、涙がとまらないよぅ。

必死に涙を呑みこもうとするのだが、それが嗚咽《おえつ》になってさらにひどくなる。

その様子を橙馬は唖然として見下ろしていた。

――好きってまさか……。

まさかだよな？　と、思いつつも、その言葉に胸が高鳴る。

妹の泣き顔に欲情するなんてバカげていると思うのだが、もうとめられそうもなかった。泣きはらした鈴の可愛らしい顔つきに、濡れはじめていたなまめかしい陰部。そして縋るような告白に、兄としての、男としての理性が崩れていく。

橙馬は自然と、ベッドに身体を押しつけたままの鈴の頭へと手を伸ばしていた。

「泣くなよ泣き虫。オレだって好きだよ」

角の生えた妹の頭をそっと撫で、彼女のツインテールの束をそっと持ちあげる。艶やかな髪の毛は、橙馬の指の間からサラサラと流れ落ち、散らばった髪の毛の間から、目を丸くする鈴の顔がのぞく。

「ほ、本当……？　う……嬉しいよぅ……」

鈴の泣き顔にホッとしたような安堵が混じる。だがすぐに鈴はハッとなって自らの下腹部を見下ろす。

つられて橙馬もそこへと見入ってしまい、再び顔を赤らめていると、鈴はもじもじとした様子で言った。

「あたし……近頃変なの。この尻尾と角が生えてから身体の奥がむずむずするの。お兄ちゃんのこと考えるともっとひどくなっていって……だから――」

それ以上の言葉は、あまりにも恥ずかしくて鈴には口にすることができなかった。

だが兄のほうには伝わっていた。

橙馬は、ごくりと大きく喉仏を鳴らし、戸惑いながらもうなずく。

「言わなくたってわかってる。オレだって……」

鈴の髪の毛を撫でていた手で彼女の肩を優しくつかんで持ちあげれば、鈴のうつぶせだった身体はコロンとベッドの上であお向けにひっくりかえる。

「お兄ちゃ――」

下半身が裸のまま、まるで生まれたての赤ん坊のように両足を持ちあげた鈴を橙馬は両手で優しく抱きしめた。小さくて柔らかい身体の感触が心地いい。

兄の腕に抱かれ、鈴は泣きやんでいた。幸せそうに目を細め兄の体温を感じている。

目を細めていた鈴に橙馬がゆっくりと唇を落とすと、「んっ……」可愛らしい吐息がもれ、橙馬の興奮をさらにかき立てていく。

橙馬は鈴から少し身を引くと、彼女の胸もとを覆う制服のリボンをスルッと引き抜いた。そしてそのまま胸もとのボタンをはずしていく。

鈴の胸が少しずつボタンのはずれた間から姿を現す。どうやら風呂上がりに着替えたため、ブラジャーのほうはつけていないらしい。

上着をすべて脱がし終えると、すでにスカートと下着は剝ぎ取られていたため、鈴の身体は素っ裸になった。

もち肌と同じく、柔らかそうな二つの丘がぷるんと橙馬の目の前で揺れる。

「うう……恥ずかしいよう、お兄ちゃん」

兄の視線をいっぱいに感じながら、鈴が身を捩らせる。だが隠すことはしなかった。これから自分と兄の間に起きる出来事に緊張し、そこまで頭がまわらなかったのだ。

「あたしの胸、ちょっと大きくてぶよぶよして変だよね?」

「別にそんなことないよ、形も綺麗だし……」

鈴の恥ずかしげな質問に、橙馬は首を横に振って彼女の胸を両手でやんわりと包みこんだ。手のひらにたぷんと大ぶりの水風船を手にしたような感覚がひろがっていく。

「……それにすごく柔らかい」

手ですっぽりと包みこんだ鈴の柔らかな乳房を、橙馬は揉みはじめた。

円を描くように手を動かせば、鈴の胸は自由自在に形を変えるようにして、橙馬の指の隙間からあふれそうになる。ツンと立った乳頭が手のひらを押しかえそうと微々たる抵抗をしてくる。

「んっ……お兄ちゃんの手……強くて……変な感じだよぅっ……」

鈴は生まれてはじめての兄からの愛撫に、腰を激しく捩らせた。あまりにもゾクゾクとせりあげる快感に、身体が自然と跳ねあがってしまう。

ここ一週間、身体が疼けば鈴は一人で自分を慰めてきた。でも今まで一人でしたそれとは断然に違う感覚だった。予測できない兄の手の動きに、身体が悦びの声をあげ、ブルッと震える。

「はぁ、はぁ……あンッ……」

自由になっていた両腕で輪を作り、橙馬の首の後ろへとまわすと、ベッドから落ちないようにしっかりとつかむ。

二人の体の距離はさらに近づき、橙馬は彼女の胸の間へと顔を落とした。つかんだままのバストへと唇をおろし、舌先をツンと尖らせて、妹の乳首を舐《ねぶ》りまわしていく。

鈴の身体は入浴後のせいだろうか、石鹸《せっけん》と一緒に甘いミルクのような香りがして、その芳香で頭がくらくらとして蕩けてしまいそうなほどだ。

橙馬はその香りに包まれながら、まるで赤ん坊に戻ったように鈴の乳首を唇で挟んでいく。濡れた唇がコリッとしこった乳首を食《は》み、舌先で先端を左右に揺り動かす。

「あふっ……おっぱいそんなに……くすぐった……あンッ、あンッ」

熱い少年の口に未熟な胸を襲われ、鈴はもどかしそうな嬌声をあげる。

眉を八の字にして身体を見下ろせば、乳房を咥えこんだ兄の顔が目の前にある。

——お兄ちゃんにしてもらってるなんて、幸せ……。

ぷにぷにと兄の舌が、心地いいくぼみを乳房に作ったかと思えば、今度は唇が吸いつき、白いもち肌に桜色をつけていく。

夢にまで見た橙馬との恋人同士のような光景に、鈴は自然と涙が溢れてきそうになった。今だけはこの忌々《いまいま》しい尻尾も角の存在も、兄への告白を作るきっかけになったのだからだと、感謝できそうな気分だ。

鈴の尻尾も、なぜか今は上機嫌に揺れている。

それに気がついた橙馬が、鈴の胸もとから顔をあげながら尋ねた。

「なぁ、その尻尾って……自分で動かせるのか？」

「ううん……動かせないよ」

「あれ？　そうなのか……」

橙馬は不思議そうに首をかしげた。さっきまでは不機嫌そうに波打っては自分の頬をぺしぺしと叩いていたのに、今はとてもおとなしい。

フライ返しの話がすべて事実とするならば、なんとしてでもドラゴンは自分を倒そうとしてくるはずだ。

——鈴のなかのドラゴンは、オレの前世が勇者だって気がついていないとか？

橙馬はいつまた尻尾に叩かれるかと思いながらも恐る恐る、鈴の太腿を両手でつかみながら左右にひろげた。

濡れた花弁が鈴の足の間で開いていくと同時に鈴から切ない声がもれる。

「……あっ……あぁっ」

だがやはり尻尾はなにもしてこなかった。それどころか橙馬の眼下に晒されている、鈴のなかへと誘うかのように尻尾の先端を、彼女の股間へと向けている。

「鈴のここ……まだ溢れてきてるんだな」

橙馬は改めて、鈴の下半身をまじまじと見下ろした。

鈴のそこは淡く薄い陰毛で覆われており、その下ではふっくらとした秘唇が存在していた。指を這わせ大陰唇を開けば、ヌチャっと音をたてて開き、愛液が落ちてくる。蜜がつまったピンク色の膣口が緊張し、乱れた鈴の呼吸と共鳴しているかのように伸縮を繰りかえしている。

「そんなに見ちゃ……恥ずかしいよぅ……」

「でもオレに見られてるせいか、さっきより濡れてきてるみたいだ」

「うう……そんなこと言っちゃイヤだよぅ」

兄の言葉に図星だった鈴はイヤイヤと頭をぶんぶんと横に振った。

鈴の下半身は橙馬からの視線を痛いほどに感じていた。甘く痒くなるようなもどかしさがゾクゾクと腰にまとわりついている。

見られていると思うだけで、身体の奥の温度はさらにあがり、しとどにベッドシーツを濡らしてしまう。

——ああ、やばいな……オレ。

橙馬は耐えきれず、自らのズボンに手をかけていた。股間はすでになかで硬く蒸れあがっている。早くここから解放させてしまいたいと本能が疼いてしまう。妹とはいえ魅惑的すぎるその姿に我慢が利かないのだ。

するとその鈴もそれを察知したらしく、恥ずかしそうにうなずいた。

「いいよ。お兄ちゃんのためにはじめてとってたんだから。あたし、お兄ちゃんがはじめての相手なら幸せだよ？」

「鈴……」

橙馬は妹のいじらしい態度に心臓を甘噛みされているような気分だった。

「わかった。それじゃあいくぞ……鈴」

橙馬はズボンをおろし、なかからペニスを取りだして握りしめた。それを見た鈴がそっと息を呑む。

生まれてはじめて見る大人の男性の、しかも兄の性器の形に驚いているようだ。

「う、うん……わかった」

——お兄ちゃんのアソコって、こんなふうになってたんだ。

幼い頃は一緒に何度もお風呂に入って、すっかり見慣れていると思っていた。だが思い出にあるそれと目の前で狙うように立ちあがったこれとは全然違っていた。

太い幹の上に三角に丸みを持たせた亀頭が乗り、赤く腫れている。黒い陰毛に包まれる幹の部分にはまるで根がまとうように血管が浮きあがり、トクトクと波打っている。それが兄の手筒のなか、窮屈そうにしているのだ。

——こんなに大きいなんて……、ちょっと怖い……。

これからそんなものが自分のなかに入るのだと思うと、もう少し一人で手淫をしていたときに練習しておくべきだったと、後悔してくる。

そんな鈴の怯えた反応を見て、橙馬も気がついたのだろう。

「痛かったら、言えよ鈴」

優しい言葉をかけて、くしゃっと鈴の頭を撫でると、そっと鈴の入り口へとペニスの先端をあてがった。

その押しつけはそっと添えたもので、愛液の滑りもあるので優しいものだった。

だが、鈴にとってはとても強すぎる感触だった。鍵穴に魚肉ソーセージを丸ごと埋めこむようなムチャな行為に思える。

——うう……怖い怖い怖いよぅっ……でも耐えなきゃっ!!

鈴はぎゅっと目を閉じ、肩を強張らせながらそのときを待った。

花弁がヌヌっと左右に割り開かれる。小さな入り口を求め、肉棒の切っ先がこつこつと当たりはじめる。そして鈴の中心部の緩やかな溝を見つけた先端は、ゆっくりとなかへと進入をはじめた。

「あっ……ううっ……」

それは音のない衝撃だった。身体の奥が割り開かれる不思議な感覚だ。

「んくっ⁉」

そしてズズッとなかに入りはじめると、息がつまるような圧迫感が身体を覆ってくる。

「もうちょっとだ、頑張れ鈴」

兄の励ましを耳にしながら、鈴ははじめての不思議な感触に、声をもらした。

「あうっ……あっ……」

やがて未知なる秘肉をかき分けたカリの先端は、トンッと柔らかな最奥へと到達する。橙馬の腰が鈴の内太腿にピッタリくっついたのとちょうど同時だった。

橙馬は官能なる旅を終え、一仕事終えたように大きく安堵の息を吐くと、妹を心配そうに見下ろした。

「大丈夫だったか？　鈴」

「ちょっとだけ痛いけど……でも平気、これくらいの痛みなら……」

「そっか……」

――なんだ、あんまり痛くないのか。よかった。

今までそれなりに読んできたアダルト雑誌では、処女膜が破れるのはかなり痛いと書いてあった。だが鈴はうっすらと額に汗を浮かべ、時折眉を寄せて目を細めるくらいだ。

そういえば鈴は昔から体操の部活でよく身体を動かしていた。体育会系の女子は身体のなかの筋肉も鍛えられているから、破瓜の痛みをあまり感じない、とどこかで聞いたことがある。

だが二人の接合部を見下ろしてみれば、愛液に混じってうっすらとピンク色の破瓜の染みがシーツに落ちてくる。

「わかった……じゃあ動くぞ」

橙馬はベッドの上に乗りあげ、鈴の腰をつかむと、ぐっと身体を引き寄せた。

「はわっ!?」

驚いた妹の背中が軽々と持ちあげられ、座りこんだ兄の膝の上にまたがる形となった。

「あああっ……ふぁ」

鈴の体重が橙馬の腰にかかり、肉棒が鈴のなかを抉《えぐ》りあげ、鈴が荒い息を吐いた。

橙馬は鈴の腰をつかみあげると、沈んでいたペニスを引きあげはじめた。

──本当に大丈夫なのかな……。

甘ったるい感触に顔を緩ませながらも橙馬の心配は尽きない。

だがそれも、膣内の壁から離れ、再び入り口まで亀頭が戻りかかったときに消えた。

橙馬にとっても生まれてはじめての女陰の奥は、蕩けるような灼熱と圧迫の世界だった。ぬめぬめとした柔らかな内膜たちが、これでもかというほどに橙馬のペニスを押してくる。極上の柔肉たちに囲まれ、押しくら饅頭の中心に置かれているような快感。

「ああ……すげっ……」

理性をたくさんの紡がれた糸でたとえるならば、腰を少し揺らすだけで、ぷちんぷちんと弾けて切れていくようだ。多少の身動きを察知しまとわりついてくるのだ。

再び沈みこみはじめた橙馬の腰は、ゆっくりと加速しはじめる。

「ふぁっ……あっ……」

最初は怖々とした行き来だったが、鈴の口からも甘い喘ぎがもれはじめた。

「んっ……あっ……やはっ……」

ずんずんと肉棒を押しこまれるたびに、鈴の身体は橙馬の腰の上を跳ねあがり、大きな胸をぶるんと震わす。

それに膣壁を強くノックされ、肉棒が強く鈴のなかに押しこまれるたびに、子宮口がギュッと縮こまる。鈴の肉体が本能的に橙馬の精を吸いあげようとしているのだ。ドーナツ状の膣内が強く絞りあげ、進入しつづけるペニスの形が伝わってくる。

——あたし今、お兄ちゃんとエッチしてるんだ……。

甘い戦慄が何度も膣内を漂い、嬉し涙が湧いてきてしまう。

——好きな人とエッチするって、こんなに気持ちいいものなんだ……。

求めたりないように鈴が手を宙に差しだせば、兄は腰を振りたてながらその手を取り、頬擦りしてキスをしてくれる。

「お兄ちゃん、好きだよぅ……あ、あんっ……大好きっ」

口に出して言えば収まると思っていたが、さらに橙馬に対する気持ちが強くなっていってしまう。あふれる思いがとまらないのだ。

自分もなにか兄を喜ばせたい。こんなにも彼は自分を愛して気持ちよくしてくれるのだ。橙馬の動きに合わせ、鈴も腰を自然とくねらしはじめた。

「んっ……お兄ちゃん、もっと……あふっ……一緒にいっぱい気持ちよくなろ?」

「でも……もう痛くないのか?」

「うん、平気……ヒリヒリした感じは残ってるけど、でもそんなことよりお兄ちゃんをいっぱいに感じたいの」

「わかった、苦しかったら言えよ」

橙馬はうなずきながら、ミチミチと軋むほどに狭い鈴のなかで腰を抜き差ししはじめた。

粘った膣内は橙馬が腰を突きあげるたびに、侵入者を排除しようと粘膜で押しかえしてくる。だが同時に奥底から溢れた蜜が橙馬の進みを助けはじめていた。

ねちゃねちゃと内臓をかきまわすような粘った愛蜜の音が大きくなり、組み敷いた鈴の顔にも甘いものが増えてくる。

「ふぁ……あっ……熱いよぅお兄ちゃんっ!!　あたしのなか、溶けちゃいそうっ」

「オレも……だ、っ……くっ……鈴のなか、ドロドロしすぎだっ……」

血を分けた二人の体が芯の部分で繋がるたびに、汗と蜜が混じりベッドシーツに飛び散っていく。

橙馬はぬかるんだ鈴の膣内が強く締めあげてくるなか、さらにスピードをあげて腰を突きあげ、鈴の身体を跳ねあがらせた。

グジュッと泡立った音がさらに大きくなる。

「はぁっ……あんっ……あっ、いいっ……あッ、くぅっ……」

もはや声にならない声をあげ、鈴が息を切らす。長い髪の毛はバラバラと背中で揺れ、汗ばんだ肩に一房、二房と張りついていく。

時折、鈴の表情がクッと痛みを浮かべたようになる。だがどうやらそれはもう痛み

ではないようだ。自らに訪れはじめている高ぶりに必死に耐えているようだった。

橙馬もまた鈴と同じように限界を感じ、顔を歪めはじめていた。

そもそも橙馬自身も生まれてはじめての行為だったこともあり、腰がキリキリと軋んでいた。まるで誰かに腰の奥をググっと押しやられているようだった。少しでも気を抜けば、睾丸の奥から一気に熱い精液の弾丸が飛びだしてきそうだ。

初めての性行為で達するのが気が引けるのは、おそらく相手が実の妹だからなのかもしれない。

告白を受けたときもそうだった。妹の身体を女として見た瞬間もそうだった。この一線を越えたらいけないと思い、そのたびに気持ちが逃げてしまいそうになった。

腰を揺さぶったまま、抱きしめた妹を見れば「お兄ちゃん……」肉親としての呼び名をつぶやく妹の姿。

その呼び方を聞くたびに、自分がしていることがいけないことだと実感する。だがそれと同時に、甘美な気持ちになるのはどうしてだろう。

「あふっ……お兄ちゃん、あたし……あそこが熱くて……もう、だめぇっ」

涙を浮かべ、求めるように自分の首の後ろに抱きついてくる。甘ったるい少女の芳香はまるで媚薬のように、橙馬の罪悪感を溶かしていく。

「お、お兄ちゃんっ……イク……あたしもうっ……感じすぎてイッちゃぅぅっ」

「オレも……もうイキそうだよ。鈴、お前んなかキツすぎ……」

妹の嬌声に誘われ、橙馬のなかの迷いはあっという間に意識の奥へと追いやられた。いけないことだ。でも最高だ。ぷるぷるとした膣内の締めつけはどんどん強くなる。腰を突き入れるたびに、鈴のなかの粘膜が橙馬の分身に襲いかかる。つぶされそうなほどにキツいのに、まとわりついて離さない。

——ちくしょう、なんて可愛いんだ、鈴の奴。

橙馬はぎゅっと唇を噛みしめると、妹の腰にまわした両手に力を入れた。もう血の繋がりだろうが、兄妹だろうがどうだっていい。今目の前で柔らかな肢体をなまめかしくくゆらせるのは、可愛らしい鈴だ。

「イクぞ……鈴、お前のなかにたっぷりと精液出してやるからな」

男として言ってみたかった言葉を口にすると、鈴はこくこくとうなずき、さらに橙馬を強く抱きしめかえしてきた。兄の胸の上で風船のような妹の胸が歪む。

「いいよ、お兄ちゃんっ……んんっ、あたしのなか、お兄ちゃんのセーエキでいっぱいにしてっ。もうどうにかなっちゃいそうだよぅッ……くっ」

予想以上の返事に橙馬のほうがテレてしまいそうだった。だが鈴のその言葉ですべて吹っきれた気がした。

つかんだ腰を固定して、そのまま力任せに持ちあげ、そして叩き落としていく。

パチンパチンと肉同士が弾ける音。膣壁の奥でそのたびに亀頭の先端がぐにゅりと歪む。だがそれが快感だった。

橙馬はさらに力を入れ、がむしゃらに鈴のなかをかきまわした。

「んっ……あああっ……強いよぅっ。ダメっ……あっ、あっ……」

肉厚の尻タブに腰骨が当たり、なんとも卑猥《ひわい》な衝撃音が部屋中に響き、鈴の声がいちだんと高くなった。

「ああっ……鈴、イクっ……あっぐぅっ……」

そしてついに限界が訪れた。橙馬の喉から振り絞った声がもれ、同時に下半身で熱いなにかが内爆発を起こした。ギュッとふぐりの奥が一気に燃えあがり、精液が激しい勢いで尿道を駆け抜け、そして少女の小さな膣内に満たされていく。

「ああっ……だめイク、いっちゃううっ、っ……ひぁぁッンン!!」

たっぷりと身体のなかに注がれていく灼熱の塊《かたまり》に、鈴も背筋を弓なりに反らした。

アクメを迎えた鈴の小さな全身に甘い痺れが覆っていく。

高揚感が身体にまとわりつき、頭が真っ白に染まる。膣内で咥えこんだままの兄のペニスの脈動が、まるで耳もとで響いているかのように大きく感じる。

「はぁ……はぁ、……んっ……」

そして波が去っていったあと、鈴は強く胸を上下させ、呼吸をした。顔をあげれば、自分と同じように肩を上下させ、自分にもたれかかる兄がいる。

——お兄ちゃんと一緒にイッちゃった。

夢のような気分だった。ずーっと憧れていたことを今体感しているのだ。

やがて身体に入ったままの男根から精をすべて吸いつくすと、鈴は蕩けるようなけだるさを覚え、シーツに気持ちよさそうに顔をうずめたのだった。


余韻が薄れ、汗だくだった橙馬がベッドから起きあがると、鈴はすでにきもちよさそうに寝息を立てていた。

「なんだよ、いつの間に寝たんだ?」

その無邪気さの残る寝顔を見つめ、橙馬はふっと微笑んだ。だが、すぐに深刻な影を落とした。

——やっぱこれは……まずいんじゃないのか?

実の妹と関係を持ってしまったのだ。

さっきまでの行為中は「もうどうにでもなれ!」と思っていたが、実際頭と下半身が落ち着くと、ぞわぞわと罪悪感は押し寄せてきた。

それに、鈴の尻尾と角はどう見てもドラゴンのそれだった。

——本当にドラゴンなのか……どうなるんだろう、オレたち。

妹がドラゴンで自分は勇者。今までプレイしてきたゲームの経験から、この組み合わせで想像できるのは決して明るい未来ではない。

——でも鈴はオレの妹だ。大事な妹なんだ！

そんな悪い終わりになんて、絶対にさせたくない。

——なにかきっと方法はあるはずだ。なにかきっと……。

橙馬は寝息を立てる鈴の身体を抱きしめ、悶々とした夜を過ごしていったのだった。

発情クエスト☆☆校内エッチで鎮めてほしいの

妹との甘い一夜が明けた翌日。

鈴の部屋で目覚めた橙馬は、自室に戻ったところですぐに、床の上で正座をさせられることになった。彼の目の前にはベッドの上に乗りあがり、呆れたように自分を見下ろすフライ返しの姿がある。

『まったく……なんということをしてくれたのです。マスター』

「悪い……」

『妹君と関係を持ってしまうなんて……、ドラゴンの能力を目覚めさせる手助けをしてしまったようなものなのですぞ？』

「そ、そうなのか？」

『現世での姿は違えど、貴方様は勇者なのです。勇者を側に感じれば感じるほど、奴の邪悪な心が甦ると決まっているでしょうが！』

「う……確かにそうかも……」

　橙馬はバツが悪そうに頭を掻げた。

「これからは気をつけるよ……」

『そうしてください。しかし、弱りましたな。ドラゴンが貴方様の現世の妹ということでも困りものなのに、お二人が恋仲になってしまったとなると、ドラゴンの魂を滅ぼすときに躊躇《ちゅうちょ》してしまいかねない』

「魂を滅ぼす？　でもそんなことしたら――」

　そんなことをしたら妹はどうなるのだろう。イヤな予感がする。すると聖剣は『ご想像通りです』と、残念そうに答えた。

『今は私も調理器具の姿ではありますが、ドラゴンを倒すときには私の力も戻り、剣の姿に戻れることでしょう。しかし私を突き刺すとすれば妹君の命は保証できません』

「命の保証だって!?」

　正座を崩して立ちあがり、橙馬は思わず怒鳴っていた。

「そんなこと、できるわけないだろっ!!　バカ言わないでくれよっ!!」

『しかしそうしなければ世界は滅んでしまいますぞ？　マスター』

「そんな大げさなこと言われたって困る」

ある日突然、自分が勇者で妹がドラゴンと言われ、ようやくそのことを信じたと思ったら、次は実の妹を倒せ。あまりにも理不尽すぎる。

「鈴を倒すことなんてオレにはできない」

『……そうですか。幸か不幸か、貴方様も妹君も、そして私も、まだ目覚めたばかり。なにか元に戻る方法が見つかるかもしれません……ただ、いずれ決断のときがやってくるということは、心に留めておいてください』

「そんな……」

もちろん橙馬には「わかった」なんて軽々しく答えられなかった。鈴は大事な妹だ。ましてや昨夜男女の関係まで持ってしまった。そんな特別すぎる彼女を危険に晒すことなんて絶対にできない。

「なにか他に方法はないのかよ……」

橙馬は絶望的な気持ちで目の前の聖剣に尋ねる。

だがそのときだ。突然トントンと部屋のドアをノックする音が聞こえ、橙馬は両手をバタつかせた。

「うわっ!!　鈴だ!!　喋るなよルビっ!!」

『わかりました』

あわててルビスティアの上に毛布をかけて隠せば、ちょうど鈴がドアを開けて入ってくるところだ。

「お兄ちゃん、起きてる？」

「お、おう……鈴」

「あれ？　今誰かと話してなかった？」

「い、いや別に？」

「そっか……それならいいんだけど」

部屋のなかを不思議そうに見渡す妹。だが橙馬はそんな彼女の姿を見て声をあげた。

「……あれ？　お前その格好」

鈴は学園の制服姿に身を包んでいた。ファーでできた尻尾カバーをしっかりと装着し、猫耳帽子もかぶっている。

「なあ、本当にそれで学校行くのか？」

「うん、だってしょうがないもん。はずせって先生とかに怒られちゃったらはずすしかないけど、できる限り隠しておきたいの」

「確かに、驚くに決まってるもんなぁ皆」

「うん。でもまあしょうがないよね」

鈴は苦笑すると「さてと」改まったように言って背伸びをした。

「とりあえず、あたしは先に学校行くね。夏香さんと会ったら、きっとこの格好のことで怒られちゃうと思うから」

「そうだな……なにか困ったことがあったらすぐオレのクラスに来るようにな」

「うん、ありがとう。じゃ行ってくるね」

橙馬に見送られ、鈴が部屋から出ていこうとする。だがすぐに「あ、そうだ」踵《きびす》を返してこちらに戻ってきた。

「どうした？　忘れ物か？」

「うん、そんな感じのもの」

目の前にやってきた鈴は橙馬の肩へと両手を置くと、爪先立ちになった。

チュッと、頬に彼女の唇が触れ、すぐに離れる。それが行ってきますのキスだったと気づき、橙馬の顔はみるみるうちに赤くなった。

「んなっ！　なんだよ突然っ」

妹の積極的すぎる行動にびっくりだ。

「えへへ……それじゃあ今日一日頑張ろうねっ!!　行ってきます!!」

テレたような笑みを浮かべ、階段をおりていく妹。

橙馬は唇が触れたその頬に手を当て、顔を真っ赤にして、その背中を見送った。

『マスター……貴方という方は……』

背後の毛布のなかから呆れたルビの声がくぐもって響いた。

「そっか、じゃあ鈴ちゃんは、ちゃんと学校行ったのね。よかった」

「お、おう。ガツンと言ったからな、ガツンと」

学園に向かう道すがら、妹が登校をはじめたことをやや脚色を入れつつ橙馬が伝えると、夏香は嬉しそうにうなずいた。

「ガツンとねぇ〜なかなかやるじゃない、ちょっと見直しちゃった」

橙馬の背中を小突き、ホッとした様子を見せてくる。

「でもよかった。このまま鈴ちゃんが登校拒否になったらどうしようって、本当に心配だったのよ？」

「悪かったよ心配かけて」

「でもこれで鈴ちゃんの問題も全部解決したし、今年は楽しい一年になりそうね」

「そうだな」

——まだ問題は山積みだけどな……。

妹との関係に、前世。さらに鈴から生えた尻尾と角。問題は収まるどころか、どんどん増えている。

しかしその数時間後、橙馬はさらなる問題を抱えることになった。

それは久々に橙馬のクラスでの数学テストでのこと。机の上に配られたテスト用紙の最後の問題を解き終わったときのことだ。

——はー終わった終わった。

見直しも終え、シャープペンシルを置き、時計を見ればもうすぐテスト終了。

ホッとしながらあとわずかの間だけでも頭を休ませようと、机の上に腕を投げだして突っ伏したのだが——

『ちゃっちゃちゃりらりー♪』

ずいぶん間の抜けた、それでいて軽快なリズムの音が突如頭上で響いた。

直後、クラスの生徒たちが「なんだ？」「なに今の？」とざわつき、突っ伏していた橙馬も驚いて顔をあげた。

だがあたりを見渡せば、なぜかまわりに座った生徒や、教師までもが不可解な顔をしてこちらを見ている。

「へ？……オレ？」

自らを指差して、隣の席の夏香のほうを見れば、ため息をついて「なにやってるのよ」と言いたげな呆れた表情をしている。そしてすぐに教科担任が困ったように橙馬の目の前までやってきた。

「橘、ダメだぞ携帯電話の電源はオフにしないと」

そう言って手を差しだしてきた。

「ほら、授業終了まで携帯没収だ」

「え……わ、わかりました」

橙馬は言われるがままに、机の横に引っかけてある鞄のなかから携帯を取りだす。

だがすでに電源は切ってあるため、携帯画面は真っ暗だ。

橙馬が不思議に思っていると、携帯を受け取った教師も同じ反応だった。

「ああ、なんだ。充電が切れた音だったか」

拍子抜けしながらも「でも規則は規則だ」と携帯を取りあげられてしまった。しかし、そもそもそんな間の抜けたメロディは自分の携帯のなかには入っていないはずだ。

――たぶん人違いだよな？

おそらく自分の近くの席の別の生徒の携帯音と間違ったのだろう。

まるで自分が犯人のように扱われてしまったのは釈然としないが、まあそんなこともあるのかと思い、橙馬はあまり気にしなかった。

だがその後もおかしなことはつづいた。

次に起きたのは体育の時間で校庭に出ていたときのことだ。

「よし、あと二回だ、頑張れ橘っ!!」

「は、はい……くぅっ……」

――あと二回……あと一回。

あまり運動が得意ではない橙馬が、顔を真っ赤にしながらクラスメートたちと一緒に懸垂ノルマ十回を行っていた。

——よし、終わった!!

鉄棒にぶらさがり、肘より上に頭をあげて十回目に到達した瞬間、またあの間の抜けた音が響いたのだ。

「橘!!　授業中は携帯の電源は切らなきゃダメだろ」

案の定、体育教師が困ったように言ってくる。

だが体を動かす授業中、橙馬の身につけている体操服のどこにも携帯を隠し持つ場所なんてなかった。だがまわりを見れば「また橘だよ」とクラスメートのウンザリした視線。やはり自分からこの音が聞こえたらしい。

「すいませんでした……」

橙馬は謝りながらも、納得できないでいた。

——いったいなんの音なんだ?

結局その日の学園内では、自分から流れるおかしな音に、気味悪く思いながら過ごしたのだった。

帰宅すると、すでに鈴が帰ってきていてリビングでくつろいでいた。

「お帰りお兄ちゃん」

「おう。お前は大丈夫だったか？」

そういえば今日一日、鈴は自分のクラスへやってこなかった。ちゃんと授業は受けられたのだろうか？　帽子と尻尾のことでなにか言われなかっただろうか。

「なんかみんなから言われなかったか？」

橙馬が心配になって尋ねると「うんっ」意外に元気のよい返事が返ってきた。

「ちょっと先生に注意されたけど、でもあんまりきつく言われなかったから、帽子も尻尾もはずさなくてよかったし、クラスのみんなもなにも言わなかったよ」

おそらくまわりは鈴が一週間休んだことで、なにかしらの事情があるのだと思い、あまり突っこんで聞いてこないのだろう。

「そっか、よかったな」

とりあえずまだ危なっかしいものの鈴の学園生活は再開できたようだ。

橙馬が兄として純粋にホッとしていると「あ、でもね」鈴が声のトーンを落とした。

「ただ……ちょっと変なことがあったの……」

「変なこと？」

橙馬の言葉に「うん、実は――」鈴が不思議そうに、そして落ちこみ気味に答えた。

「あのね、家庭科の実習中に小麦粉が鼻に入っちゃって、思わずくしゃみをしたんだけど……そのくしゃみがなんか変だったの」

「変？」

「その……煙がね。出たみたいだったの……なんか焦げ臭い煙」

その言葉を聞いて、橙馬が表情を凍りつかせた。

――ドラゴンの影響か……。

「気のせいだろ？　小麦粉かなにかだよ。それに実習中じゃ焦げ臭い匂いもするさ」

「そ、そうだよねっ、あはっ……なんかあたし変なこと言っちゃったねっ」

とっさの橙馬の言葉に、鈴がからからと笑う。だがやはり不安は拭いきれていないらしい。乾いた笑いもあっという間に収まり、鈴がしょんぼりとうな垂れた。

「でも、あたし……こんな角と尻尾が生えちゃって、これからどうなっちゃうのかな」

鈴はまだ自分の前世がドラゴンだとは気づいていないらしい。いや、おそらくドラゴンの夢を見たとは以前言っていたから、うすうす感づいてはいるのだろう。

でももし、鈴が悪のドラゴンであり、橙馬が勇者の生まれ変わりなのだと知ったら、ショックを受けるに違いない。

――とりあえず、ルビに相談するしかないよなぁ。

いくら今朝言われたように、鈴には秘密にしてなにか方法を探すといっても、やはり限りがある。

「まあ、あんまり気にせず……な?」

「うん……」

橙馬は、鈴の頭をぽふぽふと叩いて慰めた。

帽子越しに触れる角は昨夜よりも少し大きく、鋭くなっているように感じた。

『なるほど、マスターのそれはレベルがあがった音ですな』

部屋に戻った橙馬が、授業中の愉快な音のことを尋ねると、聖剣からそんな答えが返ってきた。

『貴方は勇者ですから、経験があがっているという証拠です』

「……なんだそりゃ」

橙馬はベッドの上にいるフライ返しに呆れた視線を送った。

「でもとにかく困るんだよ。授業中に変な音が鳴るのは。どうにかできないのか?」

『どうにかと言われましても、貴方様は勇者ですからね……』

「……そう言われてもなぁ。これからこういうことって他にも起きるのか?」

『でしょうね。前世での貴方様は魔法も使えましたから、そのうち……』

「魔法までか……」

本来なら嬉しく感じそうな特権も、この状況では、はた迷惑なだけだ。

「困った な本当……」

『とにかくレベルのことに関してはどうしようもできませんが、よろしければ明日から私も連れていってください』

「でも、もしお前とオレが話してるところを誰かに見られたらどうするんだ」

『それは心配無用。私の声は、私と前世で繋がりのあった者にしか聞こえませんから』

「――ってことはオレが喋って変人だと思われるだけってことか」

『そういうことですから安心を。とにかく私がいれば、その場でいろいろとアドバイスできるかと思います。そのほうが貴方も安心でしょう』

「微妙なとこだなぁ……」

だが背に腹は代えられない。もしものときにうまい対処法を考える仲間としては聖剣だろうがフライ返しだろうが必要だ。

「わかった。その代わり、できる限り他の奴がいるところでは話しかけないでくれよ」

橙馬の念押しした言葉に、フライ返しは『もちろんです』従順な返事をよこす。

だが彼の穴の開いたヘラ部分は、ベッドの上にひろげられたマンガから離れようとしない。

『私は従順な貴方様の聖剣。どんな些細なことでもお手伝いさせていただきます』

ペラッとマンガのページは見えない力でめくれていった。

それから数日間は特に何事もなかった。

相変わらずレベルがあがれば間の抜けた音楽が鳴るが、教師やまわりも、いい加減注意するのも飽きたのだろう。今はレベルがあがっても無視だ。

というか、何度注意して携帯を取りあげても橙馬から鳴りつづける不思議な現象に、気味悪がっているといったほうが近い。

そのおかげで鞄のなかの聖剣に特に助けを求めることもないのだが、どうやら日中ずっと鞄のなかにこもっているのは退屈らしく、気がつけば鞄の隙間から顔を出している。

それに気づいたクラスの一部の生徒たちからは『フライ返しを常備し、体から変な音を出す男子生徒』として橙馬はさらに距離を置かれる状態だ。

——どこが従順な聖剣なんだよ。

その日の休み時間も、橙馬はひそひそと一部の生徒たちに噂をされながら、机の上で頬杖をついていた。

いつもなら同じクラスである夏香とくだらない会話をして時間をつぶすこともあるのだが、一学期がはじまり一カ月が経った今、真面目な彼女は春の文化祭の実行委員に立候補したため、大忙しの様子だ。

橙馬の教室から出ていって職員室に行ったかと思えば、生徒会のメンバーに話しかけながら廊下を通り過ぎたり、なにやらさまざまな部活の部長たちと立ちどまって井戸端会議をしている。

今この休み時間中も、なにか実行委員の仕事を思いだしたのか、席から立ちあがると、クラスメートたちと教室で話しこんでいる。

——よく好き好んで、委員なんかできるよなぁ。

橙馬は真面目に学園の仕事を進める幼なじみの姿をあくびしながら見て、なんとなく教室全体を見渡していく。だがその視線が窓から黒板のある教卓、そして教室の出入り口のある廊下のほうへと渡ったとき、ぴたりと動きをとめた。

「……ん？　え？　鈴？」

視界のなかに入ってきたのは、妹の姿だ。鈴は、ここが三年生の教室ということもあり、なかに入ることもできず、オロオロと教室のなかを覗きこんでいる。

不安そうに教室内を見渡すその視線は、兄の姿を探している。

「どうしたんだ？　鈴」

橙馬が立ちあがり、教室の入り口までやってくると、鈴はやっと見つけた兄の姿にホッと表情を緩めた。

「お兄ちゃん……ごめんね、いきなり教室に来ちゃって……」

だがすぐに、顔を赤くしてうつむいてしまう。

「ど、どうしよう……ホっとしたらあたし……」

泣き虫の妹の目に涙が浮かび、橙馬は眉をひそめた。

もしかして尻尾と角がバレてしまったのだろうか？　それとも教師に帽子と尻尾カバーを注意されたのだろうか？　やっぱりこんな目立つ格好で学園内で過ごすなんて無理があったのかもしれない。

「どうしたんだ、なにがあったんだ？」

橙馬がまわりのクラスメートたちに聞かれないように声をひそめると、蚊のような小さな声で鈴が言った。

「こんなこと言うの……変かもしれないけど……あのね……ごめんなさい……」

まったくもって意味をなしてない言葉だ。

「あたし、……我慢したんだけど……でもやっぱり我慢できなくて……」

もじもじとしながらさらにうつむいてしまう。どうやらここで言うのは憚《はばか》られる事態が起きているらしい。

だがいつまでもここで話しだすのを待っているわけにはいかない。休み時間はもうすぐ終わり、次の授業がはじまってしまう。

――しょうがない、サボるか。

「鈴、とりあえず人のいないところで話そう。どっかいいところないか？」

「えっと……今日うちの学年の先生休みで体育の授業がないから……、一年の女子更衣室なら大丈夫だと思う」

「わかった、じゃあ先にそこ行っててくれ。オレもすぐ向かうからさ」

「う、うん……ごめんねお兄ちゃん」

「いいっていいって、ほら、先に行って他の奴がいないか調べておいてくれよ。オレが更衣室に入ったって誰かに見られたら大変だからな」

「う、うん。わかった、じゃああとで――」

いったいどうしたのだろう。どこか顔色も悪く熱があるような火照りも見て取れた。

――またドラゴンに関係するなら、念のためにルビも連れていくか。

聖剣は鞄のなかに入っていて、橙馬が呼べばすぐに受け答えしてくれるはずだ。

廊下を去っていく鈴の後ろ姿を確認し、橙馬は鞄を手にしようと教室のほうへ振りかえる。だが――

「今の……鈴ちゃんよね？」

「うわっ！」

いつの間にか、側にいた夏香の姿にひっくりかえりそうになる。

「夏香っ!!　びっくりさせないでくれよ」

「どうかしたの？　鈴が去っていった廊下を心配そうに見つめた。

夏香は鈴が去っていった廊下を心配そうに見つめた。

「それになに？　あの帽子と尻尾みたいなのをつけた格好。校則違反よ」

真面目で学園内の模範生である幼なじみにとっては、やはりあの奇抜な格好は気になるようだ。「あんな格好、やめさせなきゃ」ぶつぶつと呟いている。

——やばいな、ここで夏香と話してたらチャイムが鳴っちまうぞ。

おそらくこのまま自分の席から聖剣の入った鞄を取って、教室を出たとしたら、「ちょっと待って。どうして鞄なんか必要なの？」と言われるに違いない。いやもしかしたら「私も一緒に行くわ」かもしれない。どちらにしても足止めを食らうだろう。

「ねえ、いったいどうしたの？　鈴ちゃん」

「なんか体調が悪いみたいでさ……だからオレ、ちょっとつき添ってくる」

鞄を取っていくのは諦めたほうがいいみたいだ。妹を待たせるわけにはいかない。

橙馬はそのまま教室から出て走りだした。

「え？　でも授業は？　もう休み時間終わっちゃうわよ？」

背後から夏香の声がかかる。

「授業サボるの？　ねーってば！」

少し怒ったような幼なじみの声が背後から響いたが、追いかけては来なかった。

授業開始を知らせるチャイムが校内のいたるところに置かれたスピーカーから鳴りだした頃、こそこそと橙馬がドアを開けると、ロッカーと長椅子が置かれた更衣室のなかで、鈴はぽつんと立っていた。

「ごめんねお兄ちゃん。もう授業サボらせちゃって……」

「で、どうしたっていうんだ？　なにがあったんだよ。どこか体調でも悪いのか？」

橙馬が鈴の前まで歩いていくと、鈴はさっきよりも顔を赤くする。

「こんなこと言ったら嫌われるかもしれないけど、あたしの身体、ウズウズするの」

「ウズウズ？」

「うん……身体の奥がくすぐったくて、……それで……」

そこまで言うと、鈴は力なくペタンとヒップを床につけて座りこんだ。

「この前と同じなの。……あたしの身体、またエッチな気分になってるみたい……」

「エッチってお前……ここは学校だぞ？」

妹の口から出た言葉に、思わず橙馬も顔を赤らめてしまう。

だがこれはたぶん、ルビが言っていた前世の能力が強くなっている表れだろうということがわかった。人間と違い、ドラゴンは現代で言えば野獣の一種と似たような性質だと言っていた。すなわち発情期だ。

発情を抑える方法がなんであるかは明白だ。だから自分が呼ばれたのだ。

「お兄ちゃん……どうしよう……」

「どうしようって……方法はあれしかないだろうが……」

自分を見上げる妹の潤んだ瞳を直視することができない。それほどに緊張してしまう。だが橙馬はゾワゾワと血流が股間部分に集まりはじめているのがわかった。

涙目で懇願されることに、興奮してしまうのだ。

こんなことはいけないと思いつつも、自分の体も、再び妹を抱きたいと疼いている。

「わかった……でもここは学校だから、あんまり声出すなよ」

「うん、当たり前だよぅ」

橙馬が鈴の目の前でしゃがみこむと、まるで抱っこを求める子供のように、鈴が両手を差しだしてくる。橙馬は鈴の脇の下に手を入れて持ちあげると、壁にぴったりとくっつけられてあった長椅子に鈴を座らせた。

「足、あげろよ。どうなってるか見てやるから」

「う、うん……」

鈴が素直に膝を折り曲げたまま、両足を左右にひろげる。

橙馬がしゃがみこむと、長椅子の上にぺたんとヒップを乗せ、わずかばかりの薄布で下腹部を覆った鈴の内太腿が視界にひろがる。

空色のスカートのプリーツに包まれた丸みのあるヒップは、長椅子に押しつけられて、柔らかそうに形を変えていた。

鼻先を近づければ甘酸っぱい愛蜜の香り。すでに彼女のなかは濡れはじめているようだ。

「そんなに、じっと見るの？」

「でもこういうほうが、燃えるだろ？」

「それはそうだけど……あンッ!!」

橙馬の指が、早くも下着のクロッチ部分にかかり、鈴は壁に背中を押しつけた。

「ふぁ……あ……」

今日は以前とは違っていた。触れられることに思わず身体を捩らせても、背後は逃げ場のない冷たい壁だ。更衣室につけられた小さな換気用の窓の外では、体育の授業をはじめるどこかのクラスの生徒たちの声が聞こえる。

鈴の耳に聞こえるのは、そんな遠くの声と、下着をゆっくりと脱がされていく衣擦れの音だけ。

小さな下着は兄の手によってするすると太腿までおろされ、鈴が片足をあげると、くしゃっと縮こまったまま、右足首にぶらんと引っかけられる。

下着を取り払った鈴のそこは、すでに熱い蜜がまとわりついていた。

肉厚のピンク色のヒダに包まれたそこは、まるで独立した生物のようだ。宿主である鈴が胸を上下させて呼吸するように、そこもゆっくりと伸縮している。

その様子を熱のこもった目で見て、橙馬は呟いた。

「そういえば、こんな明るいところで鈴のここ見るの、初めてかもな」

前に鈴を抱いたのはもう一週間前だ。あのときは自分もはじめての体験だったから、こうしてあまりじっと見ることもなかった。

淡い陰毛の下をかき分け、橙馬はさらによく見えるように顔を近づけた。

ピンク色の果実は前と同じく今日も蜜をまとって、ヌルヌルと光っている。

「いつの間にこんなになったんだ？」

まさか常にこんな状態なはずがないだろうと、橙馬が尋ねると、鈴は恥ずかしそうに答えた。

「さっきの授業中から……なんかいきなり身体が熱くなってきちゃったの……あたしにもどうしてかわかんないよ……」

「いきなり……か」

橙馬がまじまじと見ていると、その視線がたまらないのか、鈴が腰をくねらせた。

「お、お兄ちゃん……なんとか、してよぅ……」

小さな鼻先をスンスンと鳴らし、鈴が切なげに口もとを緩める。

「ねえ、お兄ちゃんったら……」

「見られてるだけじゃ、つまんない？」

「つまんないじゃなくて……その……お兄ちゃんのイジワルぅ」

でもどうやら、鈴は見られているということだけで感じているようだった。

ヒップの後ろから伸びていた尻尾も最初は苛立ったようにぴしぴしと壁に当たっていたが、鈴が我慢に悶えはじめると、尻尾自身も感じているのだろう、痺れ薬でも飲まされたかのように痙攣し、長椅子の上に横たわっている。

早く身体の一番敏感な場所へ触れてほしいというように、鈴は無意識に腰をくねらせるが、橙馬はその様子を楽しみはじめていた。

戸惑い、性に積極的になりはじめている妹の姿を見るのははじめてだ。その様子がとても愛らしく感じてしまう。幼い頃の兄と妹のようになんとなく、イジワルしたくなってくる。

「言わなきゃ入れてやんない」

「う……うう……」

お預けを食らった犬のように、鈴が悲しげな声をもらす。そして、しばらくもじもじとした様子を見せたあと、唇を震わせた。

「お、お兄ちゃんの指入れてほしいの……」

「で、入れてどうしてほしいんだ？」

「入れて……それでいっぱいあたしのなか、気持ちよくしてほしい……」

最後らへんは聞き取れないくらいに小さな声だ。でもそれで橙馬は満足だった。

「わかった、じゃあいくぞ」

待ちに待った指が、鈴の膣口に差しこまれた。

ヌプッとくぐもった水音が鳴り響く。指先に熱い熱がまとわりつき、奥からの微弱な膣圧で、指が押しだされそうになる。

しかしそれも磁石の抵抗のような微々たるものだ。橙馬がさらに指を押しこめば、あっという間に関節部分までが埋まっていった。

「入ったぞ、鈴」

「んっ……んんんっ……」

久しぶりの異物感と圧迫感に鈴は首を反らしながらうんうんとうなずく。

橙馬が指を動かせば密集した恥肉がなかで跳ねながら、さらに蜜を吐きだしていく。

「あんっ……お兄ちゃんっ……そんなに弄っちゃいやぁっ」

自らの下腹部からもれる、ぐちゅぐちゅとした恥ずかしい音に、鈴がブンブンと首を横に振る。

「でも、こういうほうが感じるだろ？　感じたほうが、鈴の尻尾だって落ち着いて、鈴の言うウズウズが収まるんだろ？」

「それはそうだけど……あんっ……でもそれじゃああたしの身体が持たないよぅ……」

「でも声は出しちゃだめだぞ鈴。誰かに見られたらどうするんだ？　確かにうちの学校は帽子や尻尾も見逃してくれて校則には疎《うと》いかもしれないし、バレたって停学くらいですむはずだけど……そのあとが大変だぞ？」

橙馬は不安そうな鈴の顔を見ながら、ゾクゾクと加虐的な言葉が喉をついて出ていることに気がついた。

妹は愛らしく可愛い。だからこそ、こうやっておちょくり、苛めたくなるのだ。

我ながらいやな趣味だと思う。だが鈴がそんなことを言われれば言われるほどに、膣内をきゅっと絞って指に吸いついてくる。

「それとも鈴は毎朝登校するときに、更衣室で指を入れられてヨガってた一年生って、まわりから思われてもいいのか？」

「そんなのいやだよぅっ……」

橙馬に言われたことを、頭のなかで想像したのだろう、鈴は茹であがりのように顔を真っ赤にして、ぶんぶんと首を振る。

しかしいやがるそぶりとは逆に、橙馬の突き入れた指先が滑らかになり、手の甲までかかるほどに蜜が垂れ落ちてきた。

「想像して、感じちゃってるのか？　いやらしい子だなぁ、鈴は」

「そ、そんなことないもんっ。あたしはそんなエッチじゃ……あっ、あっ……」

強がった妹に、橙馬はもう片方の人差し指も差しこんだ。

膣口に入りこんだ両手の人差し指をかぎ状にして左右へと引っ張っていく。

ヌヌヌっと膣口が、橙馬の目の前でひろげられる。ラビアが左右に引っ張られ、ピンと張りつめる。

果肉から引き剝がされたばかりのような桃色の粘膜が奥から見えてくる。

「鈴はエッチだろ？　こんなになかまでぽっかりと穴開けちゃってるんだから」

膣内は空洞がつづいている。だが指を差しこんだ直後に一気に締まり、絞殺するようにドーナツ状の膣壁が押し寄せてくるのだ。

「ほら、オレが少し指入れるだけでこんなに動く。やっぱりいやらしいなぁ、鈴は」

橙馬は引っかけた指先をさらに第二関節のところまで埋めこんだ。

「く、くぅっ……き、きついよお兄ちゃん……あたしのアソコ、ひろがっていくよぅ」

鈴は身体中に玉のような汗を浮かべ、ヒップをくねらせる。

「あんっ……ひ、ひどい。あっ……あっ、お兄ちゃんのイジワルぅっ……」

泣き言を言ってはいるが、その声は嬌声混じりだ。

橙馬の指先が膣壁を引っかくたびに、さらに甘さを増していく。

鈴の小さな秘部の入り口は、ぐにぐにと揉まれながらもさらにサイドへとひろげられていく。普段は隠れているピンク色の内膜が腫れ、外気に触れて敏感そうに繊細な震えを起こしていた。

ヒダの内側にはまるで朝露のように蜜の塊が張りついて、更衣室に差しこむ光でキラキラと輝いている。ミルクとすっぱさが混じった不思議な芳香がよりいっそう強くなった気がする。

橙馬は引き寄せられるようにして、指先でひろげられたままの割れ目の中心へと口もとを近づけていった。

舌先を細く丸めて差しだせば、自分の口内よりも柔らかな恥肉に触れる。

「はっ……ぁっ……」

さっきよりも繊細な、鈴を転がすような声が妹の口からもれた。

「そ、そんなとこ、舐めちゃダメだよぅっ……あ、ひうっ……」

額に汗を浮かべ、必死に唇を噛みしめ、足の間の橙馬を見下ろしてくる。

「だめ、だめだよぅっ……そんなにされたら声……くふぅっ……んんっ」

兄に言われた通りに声を殺しているのだが、それすらも我慢できないほどに身体が甘い反応を示してしまう。

予測不可能に動きまわる兄の手は、鈴の内太腿を撫でながら膣内を犯したかと思えば、次の瞬間には濡れた双葉の端をつまみ、鈴の敏感な内膜を抉る。

「ん……ふっ……はぁ、はぁ」

兄の鼻先が時折、包皮をかぶった肉芽に当たる。そのたびに微弱な電流が腰を駆けあがっていった。

ジュルジュルと兄によって、愛蜜が啜られる。すぼめられた唇でひっきりなしに敏感な双葉に吸いつかれる。

橙馬の手と口が自分に触れているだけで、鈴の気持ちは落ち着きを取り戻しはじめていた。授業中自分のなかでそわそわとしだしたものが、ゆっくりと収まっていくのがわかる。

それと同時に、秘裂の奥は、舌以上のモノを求めはじめていた。

肉裂に口を這わせられるだけでは足りない。舌で舐めあげられるだけでは足りない。

「んんっ……」

鈴は兄のほうへと腰を突きだすと、もどかしそうに身体を揺らす。

橙馬の分身も同じ気分だった。制服の股間部分は硬くテントを作りあげ、布地にうっすらと我慢汁が浮かびあがりそうなほど。

ふいにハッとなって更衣室にかけられた時計を見上げてみれば、もう授業も半ばだ。

――そろそろ、時間がヤバイな……。

休み時間になったら、誰がここにやってくるかわからない。

「鈴、そろそろ……」

「うん……わかったお兄ちゃん」

性急そうな兄の言葉に鈴はうなずくと、長椅子から降り、今度は肘を椅子の縁にかけた。

橙馬に背を向け、寄りかかった四つんばいの姿で、スカートをたくしあげながら振りかえる。

「こ、これでいいかな……」

汗でしっとりとしたヒップを恥ずかしそうに揺らし、橙馬を見上げてくる。

「ああ、その代わり、声気をつけろよ」

「うん……バレちゃったら大変だもんね」

うなずいた鈴の後ろで、橙馬はすばやく自らのズボンに手をかける。ベルトをはずし、ジッパーをおろしてペニスをつかみだせば、すでにその切っ先は先走り汁で濡れている。

秘裂へカリをあてがうと、鈴は「んっ……」待ち望んでいたような甘い吐息をもらした。膣の入り口が、進入を期待して、艶かしく蜜を垂らしつづける。

「いくぞ、鈴……」

橙馬の声と同時に、刀身がゆっくりと鈴のなかへと入りこみはじめた。

膣内の柔肉のなかに包まれていく。

「あっ……んん……」

長椅子に手をかけ、鈴がぶるぶると身体を震わせた。

待ち望んでいた兄のペニスだ。剛直した熱い肉棒が、自分を貫いていく。

「ふぁ……いい、入ってきてるよ……お兄ちゃん……」

先日、処女を失ったばかりだというのに、鈴は身体にあふれる甘い痺れを受け、歓喜の声を自然ともらしていく。

「すごい、すごいようっ……ひぁっ……あたしのおなか、いっぱいになってくっ……」

以前驚いた挿入時の圧迫感も、今では蕩けるように心地よい。

やがて最奥まで入りこんだ橙馬のペニスは、ゆっくりと腰を突きあげはじめた。

粘膜が擦れ合い、さらに身体のなかが熱くなっていく。

「あひっ……いいよっ……はぁんっ……んふっ……」

肉幹はあっという間に愛蜜塗れとなり、鈴のヒップの間を出入りする。

――相変わらず、柔らかいな……。

橙馬はぬるま湯につかるような心地よさと、きつい締めつけを味わいながら、妹の膣内を堪能していた。

そんななか、彼女の膣壁の奥の一部がつぶつぶとしていることに気がついた。

——これってもしかして……。

それは俗にいうGスポットというものだ。先日は気がつかなかった。

コリコリとしたそこは、密着した膣内のなか、ざわつくような吸いつきで、橙馬のカリを責め立ててくる。

——やば、ここイイかも……。

思わぬお宝スポットを発見してしまったと思い、橙馬は、その場所めがけ体重を一気に落とした。だがそのときだ。

「んっ……あああああっんっ!!」

当たりどころがいつもと違っていたせいか、新たな快感が突然襲いかかり、さっきまでの声よりも大きく鈴が鳴いた。

まるでここが学園内だということを忘れていたようだ。

「あ、バカっ、そんな大きな声出したら——」

「あっ……ごめんっ」

鈴もあわてて口を手で押さえる。

「声、でかすぎだってば……」

橙馬はひやひやとした思いで、あたりを見渡した。

今はまだ授業中で、廊下に生徒は出ていないはずだ。だがこんなに静まりかえっているなか、いったいどこまで声が響くかわからない。もし誰かに聞かれたら大変なことになる。

橙馬はきょろきょろと狭い更衣室のなかを見渡し、なにかないかと探した。

そして目に入ったのは、鈴の頭で揺れる耳型帽子だ。

「ふぁ…………お兄ちゃん？」

はぁはぁと息を切らす妹の頭からその帽子を取りあげると、橙馬は彼女の目の前へと差しだす。

「これ、口に当てとけよ鈴。これ以上声出したら本当にヤバイって」

「うん、わかった……ごめん。はむっ」

言われた通りに鈴は帽子を唇に挟んだ。そしてきゅっと目を閉じ、早く橙馬につづきをしてほしそうにヒップをくゆらせた。

「んふー、ふぅっ……おにいひゃんっ……」

肉幹を咥えこんだ肉ヒダがふるふると震える。

「その帽子、離すなよ」

念を押すように言うと、橙馬は接続を維持したままの腰の振りを再開していった。

しんと静まりかえっていた更衣室内に再び粘った音が響きはじめる。

「はひっ……ふぅっ……ふくぅっ、ひひぃよぉ……んっ」

布地を通し、くぐもった声にならない声をあげ、鈴が背筋を奮わせる。

「ほら……いくぞ、鈴っ」

橙馬もまた奥歯をぎゅっと噛みしめ、鈴の腰を強く握りしめると、さらに挿入速度を速めていった。

パチンパチンと、なにもない更衣室内で、やけに音が反響する。

窓の外ではジョギングをしているらしい生徒たちのかけ声。時折、廊下のどこかの教室のドアがガラッと開かれる音が響くたびに、橙馬と鈴は緊張する。

だがその緊張も今ではいいスパイスだ。

見られてしまったらどうなるのだろうという気持ちが、二人の気持ちをさらに高ぶらせていった。

橙馬は濡れそぼった蜜壺をガンガンに腰を振りたてて犯していく。フローリングの床にピチャッとあわ立った蜜が飛び散る。換気があまり効かない部屋のなかは、二人の汗と、はしたない下腹部同士の匂いでむせかえるようだ。

「あふっ……ふぅっ……ふぅぅぅっ!!」

「もうイキそうか？　オレもだ……一緒にいくぞ鈴」

「ふぅっ……ふぅっ!!」

橙馬の言葉にうなずき、鈴がぎゅっと長椅子に胸を押しつけ、ヒップをさらに高く持ちあげる。柔らかな尻タブをわしづかみ、橙馬は妹の身体を突き破る勢いで前のめりに押しこんだ。

「ふぐぅっ……!!」

ヒップの位置が変わったせいだろうか、進入した肉棒が、鈴のいつもと違う場所を深く抉る。恥肉が弾けるような衝動が湧きあがり、鈴が喉を振り絞る。

「ふぐっ……ぐぅっ……!!」

コリっとした膣壁をぐりぐりと抉られ、休むことなく男根が突き入れられていく。子宮の入り口を勢いよく亀頭で叩きつけられ、身体の奥がごつごつと鳴り響いた。

「んふっ……うぅっ……ふぅうんっ!!」

子宮口を内臓ごと押しあげられるような力。鈴は長椅子から落ちないように必死にへばりつくので精いっぱいだった。

長椅子に押しつけた、制服越しの乳房がぐにゃりと歪む。

――いいっ、奥がすごく感じちゃうぅっ……いいようっ……。

「んんっ……んんんっ!!」

椅子の足が、バックからの突きあげでガタガタと揺れる。

――どうしよう、イッちゃうっ。あたしまたお兄ちゃんとエッチしてイッちゃうっ!!

いけないことをしてこんなに自分がヨガリ狂うなんて信じられなかった。

覆いかぶさってくる兄はどんどんと腰を加速させる。

「んふっ……ふっ……ふっ……」

がむしゃらなドスンドスンという、息継ぎをする間もない突きおろしがつづく。

腰が弾けるような快感の波が、休むことなく鈴を襲う。

「鈴……くっ……出るぞっ!!」

食いしばった兄の言葉と同時に、鈴の膣内に一気に熱がほとばしった。

「んんっ……あふふうううぅっ!!」

精液が身体のなかに満たされる感触、電流が流されたような衝撃だった。

身体を波立たせ、鈴が強く帽子を噛みしめ、目を瞑る。

頭のなかが一瞬にして真っ白になり、そして一気に身体の力が抜けていく。

さっきまで身をよじるほどだった不思議な火照りが引いていき、ようやく自分が正常に戻れたのだと、実感する。

「ふぁ……く……」

橙馬は最後の一滴まで残らず射精すると、鈴の背中の上にのしかかった。

二人は重なり合いながら床に寝転がり、そのまましばらく余韻に包まれていった。

チャイムが鳴り響くと、橙馬はゆっくりと床から立ちあがり、側で目を閉じていた鈴を揺り動かした。

「鈴。チャイム鳴ったから、そろそろ着替えないと」

「あ、うん……そだね」

目を擦り、いまだ余韻が残っているのだろう身体を起こし、鈴も衣服を着なおしていく。

「ごめんねお兄ちゃん。授業サボらせちゃって……」

「いや、それはかまわないさ」

一時間くらいの単位がなくなったってどうでもない。ただ一つ気になるのはこれからのことだ。これからもこうやって授業中でも身体が疼くとなって授業を休みがちになるのはよくない。ただでさえ鈴は先々週まるまる一週間学校を休んでいたのだ。

この状態でつづいたら進学さえも危うくなってしまうのではないかと思う。

「でも、どうしてあたしこんなことになっちゃったんだろう……まるで動物みたいに節操がなくなっちゃってるよ……」

スカートの乱れを直しながら、鈴が悲しそうに肩を落とす。そんな妹の姿を見ていると、橙馬は聖剣とのことを隠していることがつらくなってくる。

——やっぱり、話したほうがいいよな。

このまま隠しつづけても、いずれは話さなければならないのだ。

橙馬は思いきって鈴へと語りかけた。

「あのな、鈴。その角と尻尾のことなんだけどさ……えっと……」

ただどうまく説明すればいいのかわからず、すぐに口ごもってしまう。

すると鈴はそんな橙馬を見て、なにかを悟ったようにやんわりと笑みを浮かべた。

「やっぱりあたしの尻尾はドラゴンなんでしょ？　それでお兄ちゃんの前世は勇者」

「お前、そこまで気づいてたのか？　オレが勇者ってことも？」

「だって夢のなかの勇者はお兄ちゃんに似てたもん。それにこの前の朝だって本当は誰かと喋ってたでしょ？　聞こえたもん、お兄ちゃん以外の人の声」

「オレ以外の声？……あっ！」

言われて、橙馬は確かルビが以前『私の声は、私と前世で繋がりのあった者にしか聞こえません』と言っていたのを思いだした。

「そっか……聞こえてたのか」

「あの声、いったい誰なの？　もしかして聖剣？」

「ああ……今は剣の形じゃないけど」

「やっぱりね」

鈴がうんうんとうなずく。どうやら彼女の見た夢のなかと繋がるものがあるようだ。

「でもどうしてお兄ちゃんやあたしの身体に影響が出てきたんだろう」

「それはな。……その……」

橙馬は一瞬口を濁したが、迷ったあげく話すことにした。鈴自身も身体の変化に戸惑いはじめている今、もう隠し通すのは無理だと思ったからだ。

「あのな、今から話すこと。信じられないと思うけど聞いてくれ——」

「うん。あたし、ちゃんと聞くよ」

真面目にうなずく妹に、橙馬は聖剣から聞いた話をすることになった。

自分が勇者で、鈴がドラゴンの生まれ変わりであること。この繋がりを断ち切るには、再び勇者がドラゴンを倒さなければいけないらしいということ。このままではいずれ鈴がドラゴンに身体ごと乗っ取られ、世界が破滅してしまうらしいこと。

この話をなにも知らない人間が聞いたら、我ながらとんでもない内容だと思う。それに話の後半は鈴の命に関わるかも知れないことだ。橙馬自身、話をしていて気持ちが落ちこんでしまう。

だが鈴は変な顔をするどころか、真剣な眼差しで橙馬の話を聞いていく。

そしてすべてを話し終わったとき、「そっか……」弱々しい笑みを浮かべた。

「ありがとう、教えてくれて。なんかいろいろ納得できたよ」

「でもな鈴。オレはお前を剣で切るなんてことは絶対にしないから。だから、兄ちゃんと一緒に、なにか方法を探そう、なっ！」

「うん……わかったよお兄ちゃん。あたし、お兄ちゃんを信じる！」

橙馬の言葉に、鈴が涙ぐんでうなずく。だが突然ガチャリと更衣室のドアが開いた。

「――っ！」

橙馬たちが驚いて顔をあげれば、開いたドアの向こうで夏香が立っていた。

「やっぱり。ここにいたのね二人とも」

彼女の手には橙馬の学生鞄が握られている。

「休み時間になっても戻ってこないから、このまま早退するかと思って鞄持って保健室に行ってみれば二人ともいないし……捜したのよ？」

「あ……いや……その」

幼なじみはどうやら橙馬たちが授業をサボっていたことに、かなりご立腹のようだった。真面目な彼女らしいといえばそれまでだが、今はあまりにもタイミングが悪い。

夏香は怪訝《けげん》な目つきで橘兄妹の前へとやってくる。

「で、いったいなんの話をしてたわけ？　こんな女子更衣室のなかで。いくら兄妹といえど、こんな場所で二人っきりっていうのはあまりいいことだとは思えないけど」

だがそこまで言って、足をとめると、みるみるうちに顔色を青ざめさせた。

「あの……鈴ちゃん？　その頭についてるのって……髪飾りかなにかよね？」

次に彼女の口から出たのは、怯《おび》えたような声だった。

——やばい、角隠すの忘れてたっ。

あわてた橙馬の顔を見て、鈴もそれにハッと気づき、急いで帽子を捜そうとする。

「え、えっとこれはその……」

だがもう夏香にしっかりと、見られてしまったのだ。橙馬は諦めたようにため息をつき、「もういいよ鈴」と彼女の肩を叩いた。

「夏香には正直に教えてやろう」

どうせいつかはバレることだ。橙馬の言葉に鈴もうなずき夏香を見上げた。

「ううん違うよ夏香さん。本物だよ」

「そ、そんなバカなことあるわけないでしょ？」

「角だけじゃないの、あたし、尻尾もあるんだよ。ほらこれ」

鈴が「ね？」と苦笑しながら、尻尾にかぶせていたファーを取り払うと、押しこめられていた尻尾が、夏香の目の前で窮屈さから解放されて嬉しそうに波打った。

「やだ……嘘でしょ……なにそれ……」

夏香が気味悪そうに顔をしかめ、再び橙馬のほうを振りかえる。

「兄妹揃って私を騙してるのね？　ひどいわ橙馬」

「いや、騙してなんかないさ。鈴の尻尾も角も本物なんだってば……」

「冗談言わないでよ」

再び夏香の顔が怒りに変わった。

「そんな子供じみた嘘にいったい誰が騙されるものですかっ。正直に言いなさい、いったいこの鈴ちゃんの角と尻尾はなんなの？」

「いやだからそれは前世が……」

このままじゃらちがあかない。橙馬は困り果て、夏香の持っていた鞄からルビスティアを出して一から説明するしかないと、彼女のほうへ手を差しだした。

「とりあえず、鞄こっちによこしてくれないか？　ちゃんと説明するからさ」

「鞄？　鞄のなかになにかあるの？……キャッ!!」

途端、鞄の金具がガチャっと音をたてて勝手に開き、夏香は悲鳴をあげて鞄を手放した。ドサッと床に鞄が投げだされる。

「な、なかになにかいるわ橙馬っ」

夏香が見つめるなか、鞄から聖剣がずるりと転げでた。そして器用に立ちあがると、床に落とされたことなど気にせず、固まっている夏香の目の前で鈴を見上げた。

『久しぶりだなドラゴンよ……いや、今はまだ妹君ですな』

「うん。よろしくねルビちゃんっ。ルビちゃんは今世ではフライ返しなんだね」

フライ返しに向かってしゃがみこみ、意外とフレンドリーな挨拶《あいさつ》をする鈴。だが幼なじみはそう簡単にはいかなかった。

「ふ、フライ返しが喋ってるっ！」

まるで見てはいけないものを見てしまったように、顔を歪めて後ずさり、聖剣を指差した。

「こ、こんなことがあるはずがないわっ!! ステンレス製のフライ返しが——」

そしてフッと表情が緩んだかと思うと、そのまま身体がぐらっと揺れた。

「夏香っ！」

橙馬があわてて手を差しだすと、そのまま力なく彼の胸にもたれてしまった。

「お、おい夏香っ!! 大丈夫か！」

「夏香さんっ!!」

顔を覗きこんで見れば、青ざめて目を瞑ったままだ。その様子を見てルビスティアが呆れた声を出した。

『どうやら気絶してしまったようですな……』

「夏香さん、非現実的なことって信じない人だから、相当ショックだったんだろうね」

「だな……」

確かに、いきなりフライ返しが話しだしたかと思えば前世の話、そして鈴の尻尾と角を見たのだ。橙馬でさえフライ返しが喋ったことで混乱したのだから、気絶くらいしたくなるだろう。

――なんかすぐに起こして現実に引き戻すのも可哀想だな。

橙馬はゆっくりと夏香の身体を床に寝かせ、やれやれとため息をつく。

「で、これからオレたちどうするんだよ、ルビ。鈴にも話したし、夏香にもバレちゃったし……」

これから大変なことになる気がする。

だがルビスティアは、橙馬の問いかけには答えず、意識を失っている夏香を見下ろしていた。

『しかし不思議なものですな……前世の繋がりがあった者が私を含め四人、ここに集まるとは』

「四人？　どういうことだ？」

「あたしと、お兄ちゃんとルビちゃん含めて三人でしょ？」

橙馬と鈴が首をかしげると、聖剣がフライ返しの体をくるりとこちらへと向けた。

『彼女もまた……貴方たちの前世と同じ時代に生きていたようです』

「はぁ？　夏香が？　まさか。今度はいったいなんの前世なんだよ」

『この方は姫君です。前世の貴方がドラゴンを倒すきっかけとなった方。鈴さん、貴方の夢にも出てきたのでは』

「あ……そういえば!!」

ぽふっと手を打って鈴が声をあげた。

「確かに夢のなかに出てきたよ、お姫様。あたしが捕まえてたみたいだった」

「……マジかよ……じゃああとで夏香にもちゃんと説明しなきゃならないのか」

『そのほうがよろしいです。姫君は大変有能なお方でしたから』

「角も尻尾も見られちゃったし。ルビちゃんが喋ってるのも聞こえてたみたいだしね」

フライ返しの言葉に、鈴も納得したようにうなずく。

確かにここまで自分たちが巻きこまれている内容に足を突っこまれたのだから、幼なじみの彼女にも伝えるべきだと思う。真面目で頭のいい夏香なら、なにかいい方法が浮かぶかもしれない。でも橙馬はどうも気が進まなかった。

「でもさ、知ってるだろ? 鈴。夏香は前世や非科学的なものはもちろん、お姫様ってのとは無縁な性格だって」

彼女が好きなものは、今時の女子が好むようなファッションでも話題のアイドルグループでもなく、天体学や数式やルート計算だ。

幼なじみの橙馬がミニカーで遊んでいた頃、彼女はすでに算数ドリルや顕微鏡と、睨めっこしていた。鈴が着せ替え人形を大事にしていたころは、すでに天体望遠鏡を解体し、レンズに磨きをかけていたのだ。

「もし、ルビ。この前世とかも夏香に話したら信じる信じない以前に、お前は研究所に売り払われるかもしれないぞ」

「そっか……そうだよね。夏香さんだったら絶対そうしそうだよルビちゃん」

『う……そんな方なのですか？　現世での姫君は……』

橘兄妹の真面目な物言いに、聖剣は多少怯えたような反応を見せる。

『では彼女にはなんとかさっきの一連のことは騙せるといいんですが……』

「うまくやってみるしかないよなぁ」

「とりあえずルビちゃんは鞄のなかに入ったほうがいいね」

鈴がフライ返しを揮いあげ、橙馬の鞄のなかへと押しこんだ。すると、横になっていた夏香が小さく身体を揺らした。どうやらそろそろ目が覚めるようだ。

「鈴、いいか。うまく誤魔化すんだぞ」

「うん、わかった」

橙馬と鈴は互いにうなずき合い、幼なじみの少女を見下ろした。

「んっ……んん……」

夏香はまるで悪い夢から覚めるように苦しげな喘ぎをもらし、瞼を開けた。

「ん……あれ？　私なにを……あ、そうだわっ!!」

がばっと身を起こした夏香が、目の前の橘兄妹を見る。

さっきまでのことをどこまで覚えているのかは、その様子からはわからない。おそらく大体のことはしっかりと覚えているようだ。

鈴は大げさに胸を撫でおろし、ホっとした様子を見せた。

「よ、よかったぁ～。夏香さん、いきなり気絶しちゃったからびっくりしちゃったよ」

「気絶？　私が？」

「ああ、そう。入った途端すっころんでさ。大丈夫か？」

橙馬もまた、大げさに夏香の側に駆け寄ってしゃがみこむ。

「本当驚いたぞ、でもどこも怪我はないみたいで、安心したよ」

「なに言ってるの？　二人とも。私は確かこのドアを開けて……えーと……」

そう言って夏香がきょろきょろとあたりを見渡す。そしてすぐに彼女の視線は鈴の頭にかぶっている猫帽子へと向いた。

「そ、そうだわ鈴ちゃん。貴方のその帽子――」

びしっと指差し、夏香が恐怖に顔を強張らせる。

「たしかその帽子のなかは……その……えっと――」

記憶を手繰《たぐ》り寄せ、必死にさっきのことを思いだそうとする。だがすぐに橙馬が大げさに笑ってみせた。

「あははっ!!　これはその……ハゲ！　そうだよハゲがあるんだよ、な！　鈴」

「う……うん!!　そうなのハゲなのっ!!」

兄に言われ、鈴がコクコクとうなずく。

「あのねなんでかわからないけど五百円くらいのでっかいハゲがね、できちゃって」

「女の子だしやっぱ恥ずかしいだろ？　生えるまではこの帽子で隠そうと思ってさ」

橙馬が鈴の頭をぽふぽふと叩くと、夏香が怪しみながらも「確かに」とうなずく。

だがすぐに、鈴のスカートの下から垂れるファーで覆われた尻尾を睨んだ。

「……でもその尻尾は？　いくらなんでもその尻尾は校則違反じゃないの？」

「こ、これは海外の……そう海外のやつでねお父さんが送ってくれたのっ!!」

次に嘘を口にしたのは鈴のほうだった。

「あたし、チア部に入ったでしょ？　皆でタワー陣形作るときとかバランスが大事だから、そのためにつけてるのっ!!　ね、お兄ちゃん」

「お……おうっ!!　今アメリカで大流行のバランス調整器具らしいぞ夏香。ちゃんと化学式に基づいた設計されてるんだとさ！」

「……バランス調整器具」

さすがにそれは無理があったのかもしれない。夏香の渋い顔を見て、橙馬と鈴はびくびくと顔を見合わせる。

夏香はどこか納得できないように眉をしかめるが、自分がさっきまで見たものが、ずいぶんと非科学的なものだったため、夢だと割りきったように「そう」とうなずいた。

「でも、帽子と尻尾みたいなものの理由もわかったけど、こうやって授業をサボるのはいただけないわ。本当に体調が悪いならちゃんと保健室に行くこと。いいわね？」

「「は、はいっ!!」」

橘兄妹は声を揃えてうなずきながら、なんとか誤魔化しきれたことにホッとしたのだった。

お姫様クエスト☆☆私の初めても受け取って♥

「お兄ちゃん……これって――」

「偶然なのか？……」

放課後、空き教室内で橘兄妹は呆然と前にある黒板を見つめていた。

季節は春も終わり、六月。約一カ月後に行われる文化祭打ち合わせの一日目の集まりでのことだった。

一年から三年の同アルファベットのクラスが協力して出すことになる出し物で、学年は違えど同じBクラスだった二人は、わくわくとしながら他のクラスメートたちとともに文化祭の出し物発表に耳を傾けていた。実行委員はもちろん幼なじみの夏香だ。

「えー。今年度の三学年のB組は、体育館で演劇をやることになりました」

夏香ははきはきとした様子で黒板に大きな紙を貼りだしていた。

だが目の前の黒板に貼りだされた今年度のクラスの出し物を見た瞬間、橙馬たちは固まることとなった。

そこには橘兄妹にとって一番見たくない文字が、でかでかと印刷されていたからだ。

タイトルは『暗黒ドラゴンと光の剣の勇者』だった。

「偶然だよお兄ちゃん。偶然っ。こんなこと、あるわけないもん」

「だ、だよなぁ……」

たまたまドラゴンと勇者が題材だっただけだ。と、二人はうなずき合う。

だが、夏香が説明をはじめた劇の内容はどこからどこまでも、思い当たるふしのある内容だった。

「簡単に説明すると、世界を滅ぼそうとする悪いドラゴンが、プリンセスをさらい、それを勇者が伝説の剣とともに助けに行く話よ。ちょっとおとぎ話的だけど、舞台衣装や音響は、とにかくリアルに再現していくつもりよ」

こんな偶然があるだろうか……いや、そうそう起こりうることではない。

「では今からクジでこの劇のキャスト、照明、大道具さんなど、各自の役割を決めたいと思います、今からこの箱をまわすので、一人一枚ずつ取って開いてください」

夏香の説明が終わると、大きめの箱が教卓のほうからまわってくる。

「お、お兄ちゃん……ど、どうしよう……」

「だ、大丈夫だ。ここにいる人数は百人近いんだ、まさかそんなことあるわけないさ」

「そ、それもそうだよね、あはは」

橙馬に励まされ、鈴がようやく笑う。そして隣からまわってきた箱に手を突っこみ、クジとなっている紙切れを取りだして開いた。

「……っ!!」

だが、そのまま息を呑んで、動きをピタリととめてしまい、橙馬は青ざめた。

「鈴まさかお前……」

「どうしようお兄ちゃん……あたし、百分の一の確率に当たっちゃった……」

鈴が震えながら見上げてくる。

橙馬が鈴の手のクジを覗いて見れば、そこに確かに「ドラゴン前」と書かれている。

「でも……この『前』って文字はなんだ?」

役名の横につけられた不思議な文字を見て首を大きくかしげていると、「ああそれはね」夏香が説明してきた。

「ドラゴンの前足担当ってことよ。今回ドラゴンは大きなハリボテを二人がかりで動かしてもらうことになるの」

「なるほど……これはドラゴンの前足担当っていう意味なのか」

「そう。このハリボテは専門の業者さんに作ってもらってるの。一番の目玉になる予定よ」

どこか誇らしげな夏香。だがそれとは逆に、鈴のほうは今にも泣きだしそうなほどに狼狽している。

「お、お兄ちゃん、どうしよう。あたしがドラゴンだって……一番の目玉だって……」

顔をぐしゃぐしゃにして兄に助けを求めるように見上げてくる。

無理もない。昨日ルビスティアに『ドラゴンに関するものと関わりを避けるのが唯一の方法』と言われたばかりなのだ。鈴の今にも泣きだしそうな目は「大勢の人前でドラゴン化しちゃったらどうしよう」と訴えてくる。

「とにかく、これで残りの目玉となる役は勇者とお姫様と、ドラゴン『後』ね。さ、この調子でどんどん決めていきましょう」

「いや、ちょっと待ってくれ夏香」

橙馬は進行をつづけようとする幼なじみに尋ねた。

「あのさ、その鈴の役なんだけど、オレにやらせてもらえないかな」

「橙馬が？　どうして？」

「だってほら、ハリボテに入るんだろ？　鈴はまだ一年でこんなにチビだし、力もないじゃないか。それよりは男のオレが入ったほうがいいかと思ってさ」

だが返ってきた言葉は切り捨てるような冷たいものだった。

「それはダメよ。平等じゃないし」

ぴしゃりと言い放ち、夏香が眉間に皺を寄せる。

「そんなことしたら、クジで決める意味がないでしょ？　こうやって誰がどの担当になったとしても、自分たちに与えられた仕事をしっかりこなすことが大事なのよ。とにかく、鈴ちゃんには確かに大変な仕事かもしれないけど、うちの文化祭での劇は、今までこうやって決めてきたのだから異論は認めないの」

そこまで言うと、夏香は不安を隠せないでいる鈴の両肩にぽんっと手を乗せる。

「だから自信を持って、鈴ちゃん。確かに大きなハリボテをかぶって演技するのは大変だし、たくさんの人が見る前で緊張するかもしれない。それに失敗なんて絶対に許されないことだけど、やり遂げたあとの達成感はいいものよ。今後の経験のためにも頑張ってやり通すべきだわ」

「うぅ……そんなぁ」

夏香の、いやにプレッシャーが散りばめられた言葉を受け、鈴がさらに狼狽する。

なにか鈴にこの役を回避させるいい方法がないかと、橙馬は考えた。

「そ、そうだ。オレが『ドラゴン後』を取ってやる。それならオレがフォローできるだろ？」

もし、いざまた鈴が発情してしまったとしても、後ろからごにょごにょっと相手をして収めることができるかもしれない。

ふざけたような考えのようだが、橙馬は真剣だった。とにかく今できるのは妹を守ることだけだ。なんとしても鈴と同じドラゴンの役を得なければ。

「とにかく進行をとめるわけにはいかないの。さ、橙馬も早くクジ引いて！」

目の前にクジの入った箱を突きだされ、橙馬はごくりと唾を呑みこんだ。

「ふぁいとだよ！　お兄ちゃんっ!!　ドラゴン後ろ！　ドラゴン後ろ！」

「お、おうっ!!」

幸いまだ鈴と一緒に演じる「ドラゴン『後』」は出ていない。そしてまだ「勇者」も出ていない。聖剣が前に言った『運命とは引き寄せられるもの』という言葉が頭に浮かび、いやな予感がしてしまう。

もしここで自分が「勇者」を引き当ててしまったら、鈴のなかにあるドラゴンを目覚めさせる手助けになってしまうかもしれない。とにかく今は「勇者」を引くわけにはいかない。

——運命に抗え、オレ!!

握りしめた拳を箱のなかに入れた橙馬は「これだ！」と、一枚の紙切れを手にする。

——来い、頼むから来てくれ「ドラゴン『後』」!!

勢いよく腕を引きあげ、性急にその紙切れをひろげた。だが——

「あ、あれ？」

なぜかそこには役名もなにも書かれていない。まったくの白紙だった。

「なにも……書いてないね……」

クジの裏面を確認し、鈴も表情を曇らせる。すると夏香がその紙切れを奪った。

「えーと……橙馬はスカね」

「スカ？　スカってなんだよ」

「スカっていうのはね。その名の通りのこと。役名でもないし、決まった担当場所もないの。劇当日の照明や舞台装置、観客の入場の手伝いまでしてもらうことになるの」

「つまり、小間使いってことか……」

「そう、一番忙しい担当だけど、一番やりがいのある大切な仕事よ。頑張ってね」

ポンッと橙馬の肩を夏香が叩いた。だがどう見ても損な役回りでしかない。

——これも運命なのか……。

「すまない鈴」

橙馬ががっくりと肩を落として妹のほうを振り向けば、鈴は落ちこみながらも微笑んだ。

「ううん、いいの。これぱっかりは仕方ないもんね。あたしのために頑張ってくれて、ありがとうお兄ちゃん」

そして橙馬が狙っていた「ドラゴン『後』」はというと、鈴と同じクラスの女子生徒に、勇者とプリンセスは橙馬のクラスメートにとなった。

もしかしたらプリンセスを引き抜くのは夏香かと思ったが、橙馬のように運命はそう簡単に巡らないらしい。彼女は舞台に立つキャストとなった生徒たちに演技指導をする演出担当を引き抜いた。

「とにかく、文化祭まで一カ月もないから、みんな全力で頑張りましょう」

実行委員兼、演出家の夏香が教卓で微笑むと、教室にいた橘兄妹以外の生徒たちは「おー!」と明るく声を張りあげたのだった。


文化祭の準備がはじまり、数週間。橙馬と鈴の心配をよそに、鈴のなかのドラゴンも目覚めることなく、文化祭の準備は滞りなく進んでいた。

鈴がかぶるハリボテは、幸か不幸か、製作が遅れていて、当日まで届かないらしい。今は段ボールを見立てて舞台練習をしているらしく、鈴がドラゴンを意識するのはセリフ中のものぐらいだ。

橙馬もいやなことは早く終わるようにと、自分の役割を全うすることだけに集中し、忙しい日々が流れていたのだが、事件はやはり起こってしまった。

「あとは、体育館に椅子を並べれば終わりか」

それは文化祭の前日、校内を歩きながら橙馬が鈴たちが練習している教室に、明日の観客用の椅子を取りに来たときのことだ。

——ん。なんだ？

教室に入った橙馬は、教室内の異変に気がついた。

「どうかしたの？」

そこには鈴や夏香を含めた、演劇キャストが集まって、困ったように顔をしかめていた。

その中心にいたのは夏香だ。皆眉間《みけん》に皺を寄せて真剣な顔をしている。

「あ、お兄ちゃん……」

橙馬に気がついた鈴がなんとも言えない様子で、橙馬の元へとやってくる。

「どうしたんだ？」

「えっとね……プリンセス役の子が役をやりたくないって、出ていっちゃったの」

「降板ってことか？」

なるほど、どうりでお通夜《つや》の状態みたいなわけだ。と橙馬がまわりを見ると、他のキャストたちが心配そうに夏香を取り囲んだ。

「どうするの門脇さん。明日は舞台なのに」

「そうだよ、物語の軸にもなるプリンセスがいなきゃ、舞台ができないよ」

長い間必死に練習を重ねてきたのだろう、役を貰った生徒たちが次々と不安を口にする。

「こんなことならダブルキャストにしとけばよかったわ……」

プリンセス役生徒の突然の降板は、さすがの夏香もショックが大きいようだ。頭を抱えてしまう。完璧主義者の夏香はあまりにも、プレッシャーという概念を気にしなさすぎた。

——可哀想だけど、自業自得だよな。

夏香には悪いが、橙馬と鈴にとっては好都合だった。このまま明日の舞台がなくなれば、鈴がドラゴンのハリボテを身につける必要もない。

「お兄ちゃん」

側にいた鈴が、希望のこもった声をかけてきて、橙馬もこっそりとうなずく。

このまま劇は流れる。運命なんてやはりなかったのだ。橘兄妹は深刻そうな教室内で、揃って明るい表情になる。だがそれはすぐに崩れ去ることとなった。

「そこまで言うなら、しょうがないわね……」

唸るようにして悩んでいた夏香が、決意したように顔をあげたのだ。

「プリンセスの代役は私がやるわ」

「はぁ？　夏香が？　ムチャ言うなよ」

あまりに無謀な立候補に、橙馬は思わず口を挟んだ。

幼い頃から研究や勉強が大好きで、おとぎ話の絵本や、人形遊びにも興味を示さなかった夏香がプリンセスを演じるなんて、信じられない。

――夏香が姫役をやったら、前世と一緒じゃないか！

「文化祭は明日だよ？　そんなムチャなことできるわけがないよ」

「ムチャじゃないわよ。ドレスのほうも彼女とはサイズも同じで手直しもいらないし、舞台練習のためにセリフは丸暗記してあるし。立ちまわり方も何度も見てきたもの」

「でも……夏香は実行委員だろ？　これ以上自分の仕事増やしてどうするのさ。中止することと考えたほうがいいよ。空いた時間は吹奏楽部とかにお願いするとか……」

「そんなことできるわけないわ。明日の朝にはドラゴンのハリボテだって届くんだし。それに私のことは大丈夫。私が担当する仕事は全部終わってるわ。舞台演出の指示出しも今日で終わりだし、なにも問題なく穴埋めはできる」

夏香の自信たっぷりの言葉に、まわりの生徒たちが活気を取り戻した。

「そうだよな。心配する必要なんかないさ！」

「絶対に劇は成功するよ、だって皆で頑張ってきたんだものっ」

そうだ！　そうだ！　と、まわりがさらに声をあげる。どうやらここ数日の練習期間でキャストたちの団結は固く結ばれていたらしい。

「そうと決まったら、練習のつづきよ皆！」

それは美しい学生たちの姿だ。本来なら橙馬も感動すべきところなのだが、今は事情が事情なため、喜ぶことはできなかった。

――くっそー、中止するチャンスだと思ったのに……。

唇を嚙みしめて、隣を見てみれば、段ボールをかぶった鈴が悲しそうにうつむいている。

どうやら鈴のほうも中止を期待していたようだ。

「夏香さんがプリンセス……、やっぱり前世と一緒になっちゃうよ、お兄ちゃん……」

おそらく鈴は怯えているのだろう。ルビの言うことが次々と当たるのだから。気をそらそうとしても「運命」という言葉を意識せずにはいられない。

「心配するなよ、鈴。鈴と夏香が前世の役をやったとしても、オレは勇者の役じゃないし、すべてがルビの言う通りになるわけないさ。とにかく、頑張ってこい。なにかあったらすぐオレに言うんだぞ」

「わかった。ありがとうお兄ちゃん」

まだ不安は拭い去れていないようだったが、少しは元気になったようだ。

――とにかく、さっさと終わればいいんだけどな。

鈴以外のやけに張りきる夏香たちを遠目で見ながら、橙馬は椅子をかき集めていった。

体育館へとやってきて、集めた椅子を橙馬は並べていく。

「よいしょっと……」

数脚重なった椅子を持ちあげれば、マヌケなレベルアップ音が響くが、いい加減この音に驚くこともなくなった。

「もうレベル二〇くらいだなオレ」

そう呟き、そういえば以前ルビスティアが、レベルがあがれば魔法が使える、と言っていたのを思いだした。

「魔法でこの椅子が全部整列してくれたらどんなに楽なことか」

橙馬は魔法使いが杖を振るように人差し指を立てて腕をあげる。

もし本当に魔法が使えるのなら、この場の椅子をすべて魔法で並べてしまいたい。

「でも魔法って、なにを言えばいいんだ？　詠唱でも唱えりゃいいのか？　そもそも詠唱ってどうするんだ？」

魔法の使い方なんてわからない。橙馬は目を瞑り、人差し指をくるくるとまわした。

――なにか起これ、なにか起これ……。

「えーと……南無妙法蓮《なむみょうほうれん》オープンセサミ……あとはなんだ？　まあいいや」

橙馬はあてずっぽうの言葉を連ね、最後に声高らかに叫んだ。

「なにか起これっ!!」

しかしそれは、空しく体育館のなかに響いただけだ。

思い立った言葉を言っただけで魔法が出るなんて、バカなことがあるわけない。

「さ、仕事戻ろ……」

椅子はまだバラバラに置かれたままだ。橙馬は冷静さを取り戻し、作業に取りかかろうとした。だがぽこんと頭の上になにかが落ちてきた。

「痛てっ……」

足もとに転がったのは小さな箱だ。天井は照明器具があるだけで誰もいない。

腰をおろし、箱を拾いあげ橙馬はギョッとした。

透明のプラスチック箱のなかに入っていたのは、ピンク色の細長い卵型のローター。

アダルトグッズだ。

「なんだこりゃ……」

さっぱり意味がわからず、閉口してしまう。

なにがどうなってこんなものが出てきたのだろうと首をかしげていると、突然体育館の扉がバタンと開いた。

　とっさにポケットのなかにローターを隠し振りかえれば、幼なじみの姿があった。身につけているのはいつものきっちりと着こんだ制服ではなく、淡い色合いのレースが重なったドレス姿だ。どうやらプリンセスの練習中だったらしい。

　長い黒髪をはためかせ、両手でドレスを持ちあげて、こちらへ走り寄ってくる。

「橙馬っ、よかった、ここにいたのねっ！」

　目の前までやってきてハァハァと息を切らす夏香。橙馬は眉をひそめ、尋ねた。

「どうしたんだよ、そんなにあわてて」

「鈴ちゃんの様子がおかしいの。……トイレにこもって出てこないの」

「トイレってどこの？」

「一階にある来客用女子トイレよ。追いかけたんだけれど、なんだか泣いてるみたいで……」

「泣いてる？　鈴が？」

　鈴が泣き虫なのはいつものことだが、どこかにこもるなんてことは今までなかった。いやな予感がする。

「夏香！　悪いけどこのパイプ椅子並べておいてくれ。鈴はオレがなんとかするから」

「わかったわ。悪いけど鈴ちゃんのことお願い」

　背後から心配そうに声をかけられながら、橙馬は体育館から走りでた。

文化祭準備に追われる生徒たちでごったがえしている廊下の間を潜り抜け、来客用トイレへと向かっていく。来客用トイレがある場所は校長室や職員室の近くで、生徒たちの姿もちらほらとしか見えない。

誰にも見られていないのを確認しながら、橙馬はこっそりとトイレのドアを開けてなかへと入っていく。

鏡と手洗い場が並ぶところまでやってきて、橙馬はホッと息をついた。確かに個室の奥から、鈴の声が聞こえてきたが、それはすすり泣きではなかったからだ。

「おい鈴」

自分が想像していた事態ではなかったことに安心して声をかければ、一番奥にある、車椅子でも入れる広々とした個室のドアが小さく開いて、頬を赤く染めた妹が顔を出した。

鈴の姿は猫耳帽子と、ふさふさ尻尾も含め、いつもの彼女のままだった。

「ご、ごめんねお兄ちゃん……またなの……」

もじもじと膝を擦り合わせながらうなずく鈴。

「また身体が疼いちゃって……トイレに隠れたんだけど、夏香さんが追ってきちゃって……」

「やっぱりな……」

胸を撫でおろすと、鈴の表情がさらに涙で歪んだ。

「身体が……しびしびするよぅ……お兄ちゃん」

「もうちょっと我慢するんだ鈴」

ここは生徒は使用禁止のトイレだ。それに夏香にここにいるのがバレている。いくら愛らしくにじり寄られても、今は気が引けてしまう。

「とにかく、今からオレが夏香にかけ合ってくるから、その間に家に帰って——」

「じゃあちょっとだけっ……」

「あ、おいこらっ!!」

言うが早いか、鈴は床に膝をつくと、橙馬の腰をぎゅっと抱きしめ、股間に顔をぽふっと押しつけた。

「な、なにやってるんだよっ」

「だって、こうやるだけでも落ち着くんだもんっ」

橙馬の股間に鼻を押しつけ深く深呼吸を繰りかえしていく。

制服の繊維の香りと、いつもの兄の香り。そして——

——お兄ちゃんのオチン×ンの匂いがする……。

ドクドクと激しく高鳴っていた心臓が、同じ激しさを保ちつつも甘ったるいものが混ざっていく。

鈴はうっとりと目を細めながらすりすりと兄の股間に頬を擦りつづけた。

「んん……落ち着いてきたよ……」

「そ、そうか……それはよかったな。でもそろそろ離れないとヤバイってて……」

橙馬はぐぐっと、股間に張りついた鈴の頭を引き剝がそうとする。だがまるでコバンザメのようにひっついた鈴は離れようとしない。

「ね、お兄ちゃん。ちょっとだけ……」

「は？　お、おい……鈴っ!!」

鈴は唇でジッパーをつかんで引きおろすと、そのまま器用に鼻先でなかのトランクスをまさぐりだした。

「な……や、やめろってばっ」

「お願い……んっ……少しだけでいいからっ……はむっ……」

縋りつく鈴の言葉の直後、橙馬の股間が生暖かなぬくもりに包まれた。鈴の唇がトランクスのなかのペニスを取りだし、口内に誘いこんだのだ。

「んっ……お兄ちゃんは……、はむっ……ちゅっ、そのまま立っててくれてるだけでいいから……んっ、じゅっ……」

まだ柔らかさの残る肉幹の根元を唇で挟み、ゆっくりと頭を揺らしていく。すぼめた頬のなかを橙馬の分身はぐんぐんと引っ張られる。

唾液がつまった鈴の口のなかが、じゅるじゅるとペニスを吸い立てる。

「お、おい……バカ鈴っ……くっ……」

引き剝がそうとするが力が入らず、橙馬はトイレの壁に両手をついた。頭をさげて見れば、唾液で濡れ光りながら男根が鈴の小さな口いっぱいに出入りしている。

「んくっ……ちゅぶっ……じゅるっ……」

唾液を啜りながら喉をストロークさせ、ペニスにしゃぶりつく妹の姿に、理性がぐらついてしまう。

「鈴……おい……」

「ふぁっ……おおひふなってひはぁ……んっ……」

口のなかで受けとめきれずに苦しそうに鈴が眉間を寄せる。だがこのまま口を離したら、それで終わりにされると思っているのだろう。決して放そうとはしなかった。

「あむっ……んっ……ちゅぶっ……」

唾液を粘つかせ、舌先で何度も肉杭を舐めあげては、喉をコクンと鳴らす。

「おにいひゃんの……あひがふるぅ……じゅっ……んくっ」

舌先に触れるカリ口からじんわりと浮きでる先走り汁を、鈴は目を瞑って呑みこんでいく。

——お兄ちゃんの味、お兄ちゃんの匂い、ホッとする……。

兄の存在を確認すると、さっきまでの荒《すさ》んだ気持ちが嘘のように穏やかになっていく。それと同時にやはり、身体のなかは高ぶりを求めて疼いてしまう。

――あたしも、お兄ちゃんに触られたいな……。

自分が今こうして兄のペニスを口に含んでいるように、舌先で何度も肉幹の根元から先端まで舌を這わせているように、橙馬にも触れてほしいと思ってしまう。

もどかしい思いを抱えながら、それが少しでも発散できればと、鈴は深く深くペニスを咥えこんでいく。

喉奥の壁に剛直した肉棒の先端がぐにぐにと当たる。当たりどころによってはぐっと胃液がこみあげるような苦しさがあるが、それでも口を離さなかった。

「んちゅ……じゅるっ……んん。ひもひいい？　おにひひゃん……」

「あ、ああ……いい、鈴の口のなか、熱くて蕩けそうだ……」

橙馬は下半身への激しい舌使いに、抵抗することをとめていた。

怒張したペニスが窮屈な妹の口内で何度も舌先に弄ばれる。肉幹の上に浮きではじめた血管に唾液を滑らせながら舌が這い、ぐにぐにと微弱に押しやったかと思えば、唇をすぼめて根元をきつく締めあげてくる。

「あ……くっ……」

橙馬は引き剝がすために鈴の頭に置いていた手で、その小さな角の生えた頭を帽子越しに撫でた。

気を抜いたら堪えきれなくなるほどの甘いぬくもりに腰がビクビクと震えてしまう。もどかしげに腰を捩らせていると、ふとズボンのポケットのなかに入ったなにかが、腰に硬く当たった。

——あ、これは……。

思いだして取りだしてみれば、プラスチックケースのなかに入った小さなピンクローターだ。橙馬は軽い笑みを浮かべると、箱からそれを取りだしていく。

「鈴……鈴もイキたいだろ？」

「ふへ？」

橙馬の意味深な言葉に、鈴がペニスから口を離して顔をあげる。

「ぷはっ……でも、誰か来ちゃうかもしれないから、エッチはしちゃダメなんでしょ？」

「さすがにここでヤるのはマズいけど、こういうのならいいんじゃないか？」

そう言ってピンクローターを見せた橙馬だったが、鈴は無垢《むく》な表情で首をかしげた。

「それ、なぁに？」

「あ、知らないのか……」

無理もない。考えてみればこんなものの用途を妹が知っているわけないのだ。

「ちょっと待ってな」

「え……えっ⁉」

橙馬は軽くしゃがみこむと、それを同じくしゃがみこんでいる鈴の制服のプリーツスカートをペロンとめくり、鈴の白い下着のクロッチ部分に押しつけた。

ローターのレバー式になっているスイッチを軽く押しあげれば、低い電子音をあげて震えだし、鈴はビクンと身体を跳ねあがらせた。

「やっ……あっ……なにこれお兄ちゃ——」

「どう？　気持ちいいだろ？」

「き、気持ちいいけど……んっ……なんか変だよぉっ……あっあっ‼」

ローターの振動は確かに微弱なものだった。しかし下着越しだとはいえ、鈴にとってははじめての体験だ。

細かな振動が継続的に膣口を震わせ、鈴はビクビクッと身体を捩らせた。

それは今まで橙馬とのセックスでは感じたことのない痺れだった。

ラビアの間に、しかも布地越しに少し触れさせただけだというのに、無機質なプラスチックが硬く震え、胸の芯までをも揺さぶってくる。

「あっ……すごいっ……心臓まで響いてっ……んんっ……」

見下ろしてくる兄が鈴の右手をつかんで、そのままローターを握らせる。鈴は素直

わせた。

「う、うん……でも……あっあっ……だめっ……、これ強すぎるよぅっ……」

下着越しであっても、刺すような震えを受け、鈴はしゃがみこんだままの内股を震わせた。

兄のペニスを舐めしゃぶっていた間に湿り気を帯びていた下着のクロッチ部分が、グジュグジュとはしたない音をたてはじめ、ローターのモーター音がさらに重く低くなる。

「ああっ……やっ……擦れて、どんどん熱くなってくるよぅっ……ひぅっ……」

「なんだ、鈴はそんなにこのオモチャが気に入ったのかぁ、エッチだなぁ」

「うっ……だ、だって今はあたし、うずうずしてて……」

鈴は顔を赤くしながらも快感に目を細めた。

「だって……気持ちよくなると……もどかしい変な気持ちが忘れられるんだもんっ」

ピンク色の唇は、さっきまでペニスを咥えていたせいか、まるでリップグロスをつけているように唾液で濡れている。その唇を薄く開きながら鈴は喘いだ。

「んんっ……これ、すごい……ああンッ……いい……」

はぁはぁと肩を揺らし、妖艶な表情を浮かべて腰をくねらせていく。

橙馬はオモチャに夢中になりはじめた妹の淫らな姿を見下ろしながらも、仲間はずれにされたような寂しさを感じていた。

——ローターってそんなにいいのか……。

さっきまでは自分に縋《すが》り寄っていたのに、単三電池で動くような小さな玩具に妹を奪われてしまったような気がしたからだ。

だからこそ、目の前で恍惚《こうこつ》な表情を浮かべて身を捩らせている妹に、少し意地悪をしたくなった。

「じゃあ、あとはもう一人で大丈夫そうだから、オレは文化祭の準備に戻るな」

「ふぇ？　そ、そんな。いやだよ、お兄ちゃん……いかないで……」

甘ったるい表情をしていた鈴が、悲しそうな顔になる。

「だって鈴はオモチャのほうがいいんだろ？」

「そんなこと……ないよ。このオモチャも確かに気持ちいいけど……でもっ……んっ……やっぱり本当はお兄ちゃんとしたいもんっ……」

「そうか？　そうには思えないけどな。さっきまでオレのモノを必死になってしゃぶりついてたのに、今はそれよりもオモチャに夢中じゃないか」

橙馬はからからと笑う。まるで子供みたいな嫉妬だと思いながらも、立ちあがってジッパーが開いたままの自らの股間へと手をかける。

「それがあればまわりから怪しまれにくいし、好きなだけイけるぞ鈴」

そう言って妹から手放されてしまったペニスをしまいこもうとする。

すぐにローターを押さえていない左手が橙馬の肉刀をつかんできた。

「そんなことないっ……あたし、お兄ちゃんのオチン×ン好きだよぅっ……」

ローターの振動で甘い痺れにまとわりつかれながらも、必死に身体を兄のほうへと摺り寄せ、天井を向いたままのペニスに口を近づけた。

「しまっちゃだめぇっ……んっ……」

唾液をたっぷり含ませた舌を幹の根元へあてがうとカリのくびれまで這っていく。

亀頭の先端部分まで到達すると、鈴口をチロチロと舌先で掘り抉った。

我慢汁を喉を鳴らして吸い取り、そのまま唇を落として刀身を咥えこんでいく。

「んっ……じゅっ……こんなに……はむっ……すひなのにぃっ……んんっ」

少しの間おろそかにされていたペニスは、柔らかくなりはじめていたのだが、妹の献身的なフェラですぐに硬さを取り戻していく。

「いふなら……いっしょに……じゅっ……ちゅるっ……ンッ……」

鈴は玩具を持った右手を強く下着に押しつけたまま、左手を兄の尻へとまわし、再び頭を前後に振りたてていった。

——一生懸命しなきゃ、お兄ちゃんに嫌われちゃうっ……。

小さなローターで秘唇の間を震えさせながらも、兄の機嫌を損ねてしまったことにあわて、その焦りは肉棒に吸いつく口もとにも表れていた。

ぶるぶると震えるローターはしっかりと下着越しに割れ目の中心にあてがったまま、鈴は剛直したペニスにまんべんなく舌を絡ませ、唇を精いっぱいすぼめて動かした。溢れはじめる唾液が飛び散るのもかまわなかった。頭痛がするほどのストロークを繰りかえしていく。

「いっひょにひってぇ……んっ……じゅるっ……ちゅぅっ……」

橙馬はその姿を見下ろすと、そっと鈴の頭に片手を添え、鈴の股間から垂れさがっているローターのリモコンスイッチに手をかけた。

「わかった。でも本当に早く終わらせないと、まずいぞ」

「んんっ……わはってるふ……ふあああぁぁっ!!」

鈴がうなずいた瞬間、ローターの音はさらに大きくなった。ぶるぶると鈴の手のなかで震えが大きくなったのが、彼女の身体から伝わってくるほどだ。

「ふあっ……はぁっ!!　あふっ!!」

鈴がぎゅっと目を瞑り、あまりの激しさに苦しげに身体をすぼませる。

柔らかな頬肉に包まれていたペニスが、さらに強く絞られ、橙馬はクッと唇を噛みしめた。

「……これだけ激しかったら、すぐイケるだろ？」

「ふぁっ……ひふぅっ……ンッ……ちゅっ……じゅるっ……ううっ」

声をもらすまいと鈴はえずきながらも瞼をしばたたかせてうなずく。

「それじゃあ……くっ……イクぞ、一緒に」

橙馬は鈴の帽子の上から角を操縦ハンドルのようにつかむと、さらに肉茎を深く沈みこませた。

喉の音が激しくなる。だが鈴は決して口を離そうとはせず、橙馬に揺さぶられるがままに頭を前後に動かした。

「んっ……んんんっ……じゅっ……ちゅ……んっ!!」

くぐもった喘ぎと咳のような吐息をもらしながら鈴の整った眉が歪む。

上半身は兄からのイラマチオの腰振り、下半身はローターの重苦しく細かな振動。

二つの衝撃で小さな身体はよじれながらも快感の波へとさらわれていく。

ローターを押さえる手もとは、下着を浸透した蜜液でぬるぬると滑り、強く押しつけていなければ滑り落ちてしまうほどだ。

「んっ……ちゅぶっ……い、いふぅっ……じゅっ……んんんっ!!」

全身に玉のような汗を浮かべ、髪の毛を振り乱しながら、鈴は一心不乱に腰を捩らせた。下着ごと抉ってくるような機械の振動に、我慢の限界だった小さな少女の身体は強くのけ反った。

「んんっ……ふぅぅぅっッ!!」

ぷっくりとした唇がぎゅぎゅっとすぼみ、ペニスを強く吸いあげた。

その強烈な締めつけと吸いつきに、橙馬はぶるりと大きく身を震わせた。

「ぐ……ああっ……」

瞬間、喉を絞るような息苦しさとともに、精巣から一気に熱い塊が鈴の喉もとめがけ、吐きだされていく。

ドクドクと心臓が高鳴り、それでいてスーっと冷たくなっていくような頂点への感触に体の力が抜けそうになる。

真っ白な精液が鈴の小さな唇の端から垂れ、直後彼女はずるんと橙馬のペニスから口を離した。口内で呑みこみきれなかった白い塊がポタッと床に落ちていく。

「んっ……んぷっ……ふぁあああっ!!」

細く高い嬌声をもらし、鈴がようやくローターから手を放し、その場でペタンとへたりこんだ。

「はぁ……はぁ……んっ……ふぅっ……」

肩を大きく揺らし兄のペニスから吐きだされた精液いっぱいの口もとを手のひらで拭っていく。

「お兄ちゃんの……はぁ……いじわるぅっ……」

「でも、おかげで落ち着いただろ？」

「そ、そうだけど……んっ……はぁ……」

両手を床につけて、鈴が少しだけ恨めしそうな表情を橙馬へと向けた。

「……まさかこんなオモチャ使うなんて……反則だよぅ……」

「悦んで手放さなかったくせに、よく言うよ」

橙馬は呆れたように笑い、床に落ちたローターを拾いあげた。スイッチを切って動きをとめた状態で見てみれば、プラスチックのそれにはねっとりと蜜がまとわりついている。

座りこんだ鈴の足の間、めくれたスカートの下からは、ぐっしょりと濡れた下着が顔を出している。

「でも、これで今日はもう大丈夫だろ？」

「うん、もう大丈――」

鈴は行為中にずれてしまった帽子を直しながら、こくんとうなずく。だがそのとき突然、廊下に通じるドアがキィッと音をたてて開いたかと思うと、今一番見られてはまずい人物が、その場に現れた。

あまりに唐突な出来事にあわてふためく余裕さえなかった。橙馬と鈴は首を扉のほうへ向け、絶句してしまう。

ドアの向こうに立っていたのは幼なじみの夏香だ。彼女は橘兄妹の姿があるのを確認すると、こちらへとやってきた。

「よかった鈴ちゃん。トイレから出てきてくれたのね……ん？」

だが、橙馬たちの前まで来たところで、彼女の視線は橙馬の下半身へと向けられた。

そしてズボンの上に出されていた橙馬の息子の姿を見て、目を見開いた。

「……っ!!」

その表情で夏香がすべてを一瞬にして把握してしまったのが、橙馬の目にも見てとれた。

「な、夏香……これはその……」

橙馬はあわてて股間を手で押さえ、口を開くが、もうすべて遅すぎたようだ。夏香はショックを隠しきれない表情で叫んだ。

「なにをやってたのよっ!!」

「い、いや……これはその……」

橙馬は狼狽しながらも、持っていたローターをそっとズボンの後ろポケットへと隠していると、橙馬と夏香の間にあわてて鈴が入りこんだ。

「説明させて、夏香さんっ!!」

顔をくしゃくしゃに歪め、必死に口を開く。

「あたしがお兄ちゃんに気持ちよくしてもらってただけだからっ!!」

だがとっさに出されたその言いわけは、さらに状況を悪くする言葉でしかなかった。

「気持ちよく……ですってぇ？」

夏香の目つきがいちだんと冷たくなる。そして眉を怒らせ橙馬を睨んだまま、彼女は鈴の肩をつかむと、トイレの外へと向けさせた。

「とにかくここは私にまかせて、鈴ちゃんは今日はもう帰ったほうがいいわ！」

「え？……で、でも……」

「いいから帰りなさいっ!!」

「ふぇ……」

あまりの気迫に鈴の表情がふにゃぁと泣き顔になっていく。

だが先ほどのこともあり、夏香は鈴の涙に敏感なようだった。

「あ、違うのよ？　鈴ちゃんを怒ってるんじゃないの。今はいろいろとショックで混乱してると思うし……。ほら、明日は舞台本番なんだし身体も休めておいてほしいの」

「で、でも……」

鈴はオロオロと橙馬を見上げた。だがもうここまで見られてしまったら言いわけなどできるはずもない。

「夏香にはオレがちゃんと話しておくから、鈴は帰ったほうがいい」

それにこれ以上、夏香を怒らせる失言をされるのも困る。橙馬が「大丈夫だから」と言うと、鈴は心配そうな表情のままうなずいた。

「わ、わかった……それじゃあ、あたし……行くね……」

兄を一人置いてその場を去るのが心苦しいのだろう。悲しそうにドアから出ていく。

廊下を去っていく音が遠ざかり「さて、と……」イヤに冷淡な声が橙馬にかけられた。

気まずい思いで夏香を見れば、怒りと悲しみの入り混じった表情をしていた。

「いったいどうしてこんなことになるっていうの？」

夏香の声は、さっき以上にひどく冷たい。軽蔑の眼差しを向けられ、橙馬は思わず視線をそらしてしまう。説明のしようがなかったからだ。

夏香は前に鈴の角と尻尾を見て、気絶し、あのことは夢だと納得している。

そんななか、今さら「鈴のドラゴンの覚醒を抑えるため」なんて言ってもどうしようもない。それに鈴の疼きを抑えるためのこの行為が自分もイヤイヤで受けているなんてことも、言えるわけがなかった。

「どうして、どうしてなにも答えてくれないの？」

「ごめん……。でもオレがやったことは間違ってないと思う。少なくとも今は」

今の鈴の身体を落ち着かせるにはこれしか方法がなかったのだ。だがもちろんそんな理屈は、なにも知らない夏香にとっては理解できるものではなかった。

「ふざけないでよ……。こんなの、間違ってるに決まってるでしょ……」

夏香はうつむいてしまう。苦しげに眉をひそめ、長い睫毛《まつげ》の下からうるうると涙が顔を見せている。

「こんなこと……しちゃいけないのよ……だってあなたたち、兄妹じゃない」

「お、おい……夏――」

まさか泣かせてしまうとは思いもしなかった橙馬は、あわててしまう。幼い頃からの付き合いだが、今まで彼女の涙は見たことがなく、どうしていいかわからなかった。

悲しみに暮れる幼なじみの姿を見て、橙馬はすべてを話してしまいたくなった。前に夢だと言い聞かせ納得させたが、すべてを話してしまいたい。でもそれを説明したら、鈴とドラゴンのことがバレてしまう。

「ごめん、夏香……」

橙馬はただ泣いている幼なじみに謝ることしかできなかった。

「鈴とオレの関係はいろいろと複雑なんだよ。ごめん……」

「そんなこと言われたって……わからないわよ……」

夏香は理解できないというように、ぶんぶんと頭を左右に振ると、手袋のついたままの手で涙を拭った。

「私はねぇ、橙馬。鈴ちゃんにもあなたにも、健全な男女交際をしてほしいのよ。いくら私たちは年頃になって、異性の体に興味が出はじめたからって……鈴ちゃんを利用するのは私は許せないわ」

「は？　夏香？　お前なに言ってるんだよ……」

「だって橙馬はエッチに興味があったから、鈴ちゃんにあんなことしたんでしょ？」

「そ、それは……えーと……」

——なんか、勘違いしてないか？

どうやら夏香は、橙馬と鈴が恋人のような関係になっているとまでは思っていなく、あくまでも「性欲に目覚めた兄が妹に悪戯をした」と思っているようだった。

確かにさっきの光景はそう見えなくもない。事実性器を露出していたのは自分だけだ。

——オレが変態扱いってことか。

なんとも釈然としないが、それ以外を説明するとなると、また前世の話にさかのぼってしまう。橙馬は困ったように渋い顔をすることしかできないでいると、夏香は涙を浮かべたまま胸へと抱きついてきた。

「お、おい……夏香……うわっ!!」

「そういうことに興味があるなら、なんで私に言ってくれなかったのよっ」

意外な言葉とともに力強く後方へ押され、橙馬は思わず目を瞑ってしまう。

背中にズキンと痛みが走る。目を開ければ、天井のライトを背にして自分を見下ろす少女の顔がある。床に押し倒されてしまったのだ。

あわてて身を起こそうとするが、どっしりと腰の上に乗った夏香は梃《てこ》でも動かないというように、橙馬の腰を太腿で挟んでいた。

「お、おい。夏香？」

まさかの幼なじみの行動に動けないでいると、温かく滑らかなぬくもりが股間に生まれた。

プリンセスのサテン製の手袋をつけた夏香の手が、橙馬の股間に触れたのだ。

「最初から私に言ってくれれば、こうやってなんとかしてあげたのに……」

夏香は頬を桜色に染めながら、ペニスをやんわりと両手で包みこんだ。

それはまるで、生まれてはじめて小動物に触れるような、たどたどしい手コキだった。さわさわと肉幹の上をサテン生地が滑り、心地よさが生まれてくる。

「それとも私じゃ……不服？」

自分を見下ろしてくる夏香は、なんとも言えない切なげな表情だ。

「エッチなことには興味あるけど……私にはされたくない？」

「そんなこと……ないさ……」

いつもの真面目な幼なじみからの悲しげで意外な言葉に、橙馬は思わずテレて視線をそらしてしまった。こんなことにはいっさい見向きもしないような彼女の意外な告白に、胸がドキドキとしてしまう。

――夏香ってこんな可愛らしい言い方することあるんだな。

今まで幼なじみだと思っていた夏香の色っぽくもあり、愛らしい一面に驚きを隠せない。だが次の瞬間、さらに驚くことが起こった。

「こういうふうに勃起したのは、口とかですればいいんでしょ？」

緊張しながらも少しだけ上目目線な発言をした夏香が、顔をゆっくりと橙馬の股間へと向け、唇を近づけていったのだ。

「えっと、こ……こうかしら？……ちゅっ……んっ……」

チロチロと差しだしてきた舌の動きは、まるでアイスキャンディを舐めるようなものだ。鈴よりもたどたどしいその動きは、幼なじみがこういったことが未経験だということをありありと表している。

鈴を愛らしく可愛い顔立ちと言うならば、夏香は対照的に、スッと鼻筋の通った美人顔だ。いつも真面目で自信たっぷりな優等生の彼女が、今は自分の肉棒を恐る恐る口にするその姿に、橙馬は興奮を覚えてしまう。

「んっ……ちゅ……なんか大きく……ちゅっ……硬くなってきた……」

キスを肉幹に落としてはチロチロと舌を這わせながら、夏香が驚いたように声をあげた。

「海綿体《かいめんたい》って……んっ……こんなに膨らむのね、勉強になるわ」

「こんな状況でそんなこと言わないでくれよ……」

いかにも真面目らしい夏香の言葉に、橙馬はテレくさくてたまらなかった。

だがはじめて男性性器を手にとって見た夏香にとっては、すべてが未知の体験だ。

「んちゅ……はぁすごい、側面は硬くなってもここは柔らかいのね」

亀頭をぷにぷにと揉みながら、鈴割れから溢れたカウパー液に指を押し当てては銀糸を伸ばし、感嘆の声をもらす。

だがしばらく口を押しつけたり舌でペニスを軽く舐めあげただけで、「さてと」夏香はスクッと立ちあがって手を放してしまった。激しくはないが、柔らかな感触に恍惚としはじめていた橙馬は面食らったような気分だ。

「もう少しいろいろ触ってみたいけど、いつまでもここでこうしてる暇はないわ」

「そ、そうだな……今は文化祭準備中だしな」

だがここまでされて、突然放置はあまりにもがっかりだ。

——なんだ、生殺しか……。

やれやれと起きあがり、ズボンのなかにいまだ強く直立しているペニスを仕舞いこもうとすると「ちょっと」夏香がぐいっと手を引っ張ってきた。

「こっち来て」

「へぇ？　うわわっ!!」

社会の窓を閉じる間もなく、幼なじみに引かれトイレから出ていくことになった。

「ななっ!!　なんだよ夏香!!　いったいどうしたんだよ!!」

「いいから静かに!!」

廊下に連れだされ、橙馬のなかでいやな予感が頭をよぎった。ここは職員室も近い場所だ。もしかしたら幼なじみは今から自分を教師たちの前へ引っ張りだすつもりだろうか。

「そ……それだけはカンベンしてくれ!!」

橙馬は股間を手で押さえながら引きずられていった。

だが意外にも連れてこられたのは、橙馬たちがいた来客用トイレの隣にある、更衣室だった。古びたロッカーが立ち並び、体育用のマットが床にひろげられた、今は倉庫として使われている場所だ。

ようやく手を離され、マットの上に尻餅をついた橙馬は不思議そうに幼なじみを見上げる。

「橙馬はこのままでいいから、動かないで寝てて」

「へ？　なんでだよ」

意味がわからず首をかしげていると、夏香はドレスの裾を両手で持ちあげはじめた。

「はじめてがトイレなんて、ロマンチックじゃないでしょ？」

橙馬に見られているのが恥ずかしいのか、もじもじと露出した太腿を擦り合わせる。

そして裾の先をはむっと唇で咥えこんだ。

「動かないでね」

布地越しにこもった声をもらし、再び橙馬の腰の上へと身体をおろしていく。

「ちょ……おいっ!!　まさかこのままなにもしないで入れるのか？　ムチャだよそんな……」

ただでさえ、夏香の動きはたどたどしく、未経験だと見てとれるのに、潤滑的なものがないまま挿入なんて無理だ。

だがそれについては夏香は「大丈夫だから」恥ずかしそうに呟いた。

「ちゃんと、……濡れてるから……」

そう言って、ちらりとドレスのスカートをまくしあげて内太腿を見せてくる。白くきめ細かい彼女の太腿は付け根から蜜が溢れていた。

「ほ、ほら。大丈夫……だから」

「いつの間に……」

「人間の体って、本当面白くできてるのね……橙馬のアソコにキスしてただけで……」

夏香は頬を赤らめ、多少の躊躇を見せながら、しかしそこまで臆《おく》することもなく下着の端をつまんだ。

寝転がったままの橙馬の視界に、布地に隠されていた場所が現れた。淡く薄めのヘアが乗ったその場所では、サーモンピンク色をした二枚のヒダがまるで切れ目がスッと入ったようなまっすぐな縦割れを見せている。まるで夏香の外見と性格すべてを表すような歪みのない姿だ。

小さな下着を横に押しのけると、夏香は足を曲げ、再び橙馬の上に腰をおろした。綺麗なヒダの間に橙馬の亀頭をあてがって、溝に沿って前後に滑らせていく。

「ここかしら……んんっ……それとも……こっち?」

どうやら彼女は、自分が主導権を握ったはいいが、肝心な挿入場所が見つからないようだった。逆手にしてつかんだ橙馬のペニスを自らの割れ目へとあてがい、前後に揺らして焦っている。

「……夏香、お前もしかして、どこに入れるかわからないのか?」

「だ、だって私、こんなことしたことないものっ……」

顔を真っ赤にして頬を膨らましながら、すりすりとペニスをあてがい動かしつづける。やがて、軽いくぼみを見つけ、そこに狙いを定めた。

「じゃ、じゃあいくわよ……」

ごくりと小さく息を呑むと、真面目な表情を浮かべる。

そして額に汗を浮かべながら、真剣な様子でヒップを落としていった。

きりきりと肉がきしむような振動が、橙馬にも伝わってくる。

「あ……くっ……んんっ」

橙馬の目には、ゆっくりと自分のペニスが夏香の秘唇の間に沈んでいく様子がありありと映っていた。

M字型に足をひろげた夏香が、苦悶の表情を浮かべて肉棒の上に降りていく。

小さな鈴と同じくらい小さなヒダがカリのくびれによって左右へ割り開かれ、ゆっくりと杭を沈みこませていった。

「ふっ……はぁ……んんっ……」

橙馬のペニスがどんどんと熱い蜜壺のなかへと収まっていった。だが少しして亀頭の先端が薄い膜のようなものにぶつかった。

「くっ……あっ……」

夏香が唇を噛みしめ、瞼を震わせ、さらに慎重に腰をおろしていく。

ヌチヌチと密集した肉をかき分けるような感触が生まれ、橙馬が接続部を見れば、充血したペニスの側面を一筋の赤いものが流れ落ちていくところだった。

それは清楚で美しい顔立ちをした幼なじみの純潔が橙馬によって破られた瞬間だったのだ。

「お、おい……ムチャするなよ夏香……」

鈴のときのような、愛液と混ぜ合わさっていた破瓜のときとは違う、赤々としたその光景に、橙馬は思わず夏香の腰をつかんで持ちあげようとする。

「やっぱやめておこう、な？」

もしとめるなら今のうちしかないと思った。彼女の純潔をすでに奪ってしまったところで、今さらすべてをなかったことにはもうできないが、これ以上つづけたら理性が持たない。

だが夏香は橙馬のその唯一の理性を留めた発言が不満そうに顔をムッとしかめた。

「経験のない私じゃ、不服なの？」

「いや、そういう意味じゃなくて……」

「じゃあ橙馬は黙ってて」

夏香は答えながらも橙馬の分身すべてを包みこんでいった。

柔らかな太腿が橙馬の腰へと密着し、幼なじみがひりついた声をもらす。

「い、いたっ……んん、くぅっ……」

「痛いのか？」

「うん、でも大丈夫。ヒリヒリするだけだから。……動くわね」

橙馬の肩に両手を置いて、夏香が腰をあげていくと、ペニスがゆっくりと膣口から吐きだされていく。

「んんっ……くっ……」

夏香はぷるぷると肢体をくねらせながら、自らの身体のなかに埋まっていく少年の肉棒を見下ろしていた。

――すごい……私の身体のなかにこんな大きなモノが入っちゃうなんて……。

保健体育の授業でしっかりと男女の体については勉強したのだが、こんなに硬く熱いなんて、身体が痺れるほどの快感をもたらすなんて、思いもしなかった。

腰を強くおろせば、まっすぐにそそり立つ剛直の肉茎が夏香の子宮口を押しひろげ、衝撃を与えていく。

そのたびに粘膜の間から恥ずかしいほどに蜜が溢れてしまう。

――こんな気持ちいいこと……鈴ちゃんとしてたなんて……橙馬ったらずるい。

場違いな考えだと頭のなかではわかっていたが、妹のように可愛がっていた鈴に、ジェラシーを感じてしまいそうだった。

肌と肌がぶつかり合うパチンパチンという音に、汗が混じる。

ドレスに包まれた形のよい胸がたぷんたぷんと上下に激しく揺れ、橙馬の興奮はさらにかき立てられる。

自分の腰の上で積極的に腰を動かしつづける夏香に両手を伸ばすと、その揺れる果実をわしづかんだ。

「あ、はぅんっ……胸、胸はだめぇっ……」

「なんで？　夏香の胸、すごくさわり心地がいいよ？」

鈴の胸と比べると、その大きさは倍近い。重量感たっぷりの、水風船のような感触に橙馬の興奮はさらに強くなる。

指先を動かせば、ボリュームのあるその胸はドレスの布越しにぐにゅりと歪み、橙馬の指をめりこませたまま弾む。

手のひらには極上の蕩ける感触。そしてペニスを覆うのは幼なじみのきつく熱い泥濘だ。

橙馬が腰をぐるりとまわしながら、熱く膨れ立った亀頭でグリグリとなかをかきまわせば夏香の吐息はさらに激しくなる。

「あっ……なに……これ、すごいっ……奥も胸もっ……疼いちゃうっ、あっあっ……」

形のよい胸が少年の手に弄ばれて歪む様子を見下ろし、グリグリと膣内を押し入れられる感触に夏香は嬌声をあげる。

感じてしまうことが恥ずかしくもあったが、それ以上に身体に起こる甘い痺れが癖になってしまいそうだった。

最初に感じていた染みるような膣内の痛みも、すっかりと気持ちよさに埋もれている。

夏香はさらに快感を貪るかのように、体重をずんずんと橙馬の腰へと落としていった。汗ばんだ尻タブが少年の腰へとねちっこく破裂するような音を出していく。

男根を差し入れた膣内の動きは、愛蜜の濡れによりどんどんとよくなり、夏香は思わず優等生らしからぬ甘い声をもらしていく。

「ん……溢れてっ……滑っちゃうっ……あんっ……」

だらしなく口を開き、真面目な夏香にしては珍しすぎる、呆けた表情。

汗が浮かび肌にはぴったりとドレスが張りつき、身体の線を色っぽく浮き立たせ、橙馬の劣情をさらに煽っていった。

感情が高ぶる。理性はもう欠片《かけら》も残っておらず、橙馬の頭のなかはむせかえるような淫猥な欲望が浮かぶ。

幼い頃から一緒に過ごしてきた、彼女の可憐な身体のなかに射精したい。ドロドロに固まった自分の精液で満たしてしまいたい。

想像するだけで、腰の上を羽でなぞられたようにゾクゾクとしてしまう。

泡立つ蜜が飛び散るのもかまわず、橙馬は強く腰を浮きあげ、さらに深みを目指す。

強烈な突きあげで夏香の膣内が強く痙攣のような震えを起こしはじめた。

「あっ……い、いくっ……もうダメっ……あっあっあぁっ!!」

「オレもっ……もうダメかもっ……」

橙馬もまた、二度目の射精の予感に腰をビクビクとしならせた。

鈴の口内に出しただけでは飽き足らず、元気な精巣は次の射精を今か今かと待ち望んでいるようなほどにパンパンだ。

橙馬は夏香の腰をわしづかみ、自らも床の上で腰を突きあげた。

「ひっ……あっ……あうっ……イク、あっ……疼いちゃうぅっ!!」

ドンドンと体重を落としてくる夏香の膣壁に強く亀頭を叩きつける。狭い粘膜のなか、窒息しそうなほどに先端が歪み、橙馬はグッと奥歯を噛みしめ呻いた。

「ぐぐっ……ああっ!!」

喉を振り絞り、しゃがれた声をもらす。背中の奥に電流が流れた。

ズルズルッと滑りだすように精巣から新鮮な精液が送りだされていく。

陰茎を差しこまれた恥肉のなかで熱が弾け、夏香は天井をあおぐほどに腰を反らした。

「んっ……ふぁっ、アァッ――!!」

視界に蛍光灯の明るい光が入ってくる。同時に頭と視界は真っ白に染まり、意識が飛ぶほどの甘い痺れが全身を駆けあがっていった。

まるで糸の切れた操り人形のように脱力して、橙馬の胸へと倒れこむ。

夏香の横たわる身体を抱きしめ、橙馬もまた余韻を感じながら、萎えはじめたペニスを抜きだした。

だが突然、夏香がガシッと腕をつかんできた。

さっきまでの色香あふれる表情ではなく、すでに真顔だ。

「とにかく、もう今日みたいなことは鈴ちゃんにはしちゃだめよ？」

「だからそれは……」

――夏香が思ってるような、鈴に無理やりとか、そうじゃないんだけどな……。

だが夏香の視線はいたって真面目だった。

「返事は？」

「は、はい」

橙馬は嘘をつく罪悪感に軽く苛まれ、快感の余韻を楽しむ間もなく、幼なじみの威圧的な態度に怯えてうなずいたのだった。

翌日、橙馬たちはむせかえるような熱気のなか、最終チェックをしていた。

「観客も入ったみたいだし、機材にも問題はないわね」

ドレス姿の夏香がテキパキと各担当に確認をとっていく。

「他のキャストも、プリンセス役の私も準備はできたわ。橙馬も大丈夫？」

「お、おう……」

夏香に尋ねられ、橙馬は緊張気味の返事を返した。元々裏方の仕事ばかりで本番は緊張するような仕事もないはずだったのだが今は違う。

——こんな話、聞いてないぞオレ……。

橙馬が身につけているのは、質素な村人役の衣装だった。裏方ばかりの仕事で劇には出演しないと思って安心していたのだが、突如熱を出して休んでしまったキャストの代わりとして出ることになったのだ。

幸いセリフはない端役だったが、公演開始直前での突然の出演命令は心臓に悪い。だがそれ以上に不安なことがあった。それは橙馬の真横にある巨大な鉄製のドラゴンだ。

「鈴……大丈夫か？」

橙馬が尋ねると、ドラゴンの口がガチャンと開き、牙の間から鈴が顔を出した。

「う、うん……なかに入ってるから大丈夫。でも重いよぅ……」

業者に依頼して作られたドラゴンのハリボテは、橙馬が想像した以上にリアルな出来栄えだった。鱗も一枚一枚貼りつけられており、牙も翼もしっかりと作られている。迫力のあるその全貌に夏香は大満足の様子だ。

「なんか頼んだものよりも少し重量があるみたいだけど、頑張ってね、鈴ちゃん」

「は、はい……」

夏香に笑顔を向けられ、鈴が怯えたようにうなずく。

昨日のあのトイレの一件での後、橙馬は心配そうに家で待っていた鈴に、夏香と関係を持ってしまったなど口が裂けても言えなかった。「別に怒られただけだよ」と軽く笑って誤魔化したのだが、その嘘があまりに白々しかったのだと、今の鈴を見て反省してしまう。

——でも言えるわけないよなぁ。本当のことなんて。

ただでさえ今日は鈴がドラゴンの前足に入らなければいけないのだ。これ以上妹の気持ちを揺さぶって影響を受けさせたくなかった。

「はじまるわよ！」

昨日と同じドレスを身につけた夏香が、声をあげた。

それぞれの衣装に身を包んだキャストとともに、橙馬と鈴が息を呑む。

観客たちの予想以上に多い拍手とともに、舞台は幕を開けたのだった。

舞台袖から見た体育館内の観客席は、立ち見客までが出る満員御礼状態で、劇の進行は滞りなく進んでいった。突然村人Eとして借りだされた橙馬も、緊張しながらも間違うことなく、短い出番を終える。

そして次はいよいよ、鈴が入ったドラゴンの登場シーンだった。

お忍びで森のなかに一人で遊びに来ていたプリンセスが巨大なドラゴンの手に捕まるというシーンだ。

舞台の背景が森の装いに変わり、夏香が舞台へと飛びだし、草花の生える道のなかを迷い歩く演技をはじめる。だが鈴は、出番となったにもかかわらず、ドラゴンを進めることなく、隣にいた橙馬のほうへとハリボテの口を開けた。

「ねえお兄ちゃん」

「うん？　どうした？」

「あのね、舞台に出る前に、教えてほしいの。昨日あたしが帰ったあと、夏香さんとなにがあったか……」

「え⁉」

「お兄ちゃんが嘘つくとき、いつも目そらすの、あたし知ってるんだから。……だから本当のこと言ってほしいの」

ドラゴンの口を開け、鈴が悲しそうに見上げてくる。

――今ここで言うべきことなのか？

確かに嘘をついていた自分は悪いが、ここで言ったら泣きだしてしまうかもしれない。だがなにも言わなければ、舞台上のプリンセスは永遠に森を彷徨《さまよ》いつづけることになる。

ドラゴンの鈴の後ろを担当する生徒も、ハラハラとした様子を見せている。

橙馬は諦めたように「ああ……」気まずそうにうなずいた。

「鈴の……想像通りだ」

「やっぱり……そうだったんだね。夏香さんの様子を見て、おかしいと思ってたの」

鈴の顔が今にも泣きだしそうに歪む。

「ごめん……。そのことはさ、とにかくあとで話すから……」

橙馬は舞台上でいまだ彷徨う演技をしている夏香を見て、あたふたと焦りながらドラゴンの背中をぽんと舞台のほうへ押す。

なんとか鈴が入ったドラゴンの体が舞台上に顔を出した。

だがその瞬間、傷ついた声を鈴があげた。

「ひどい、ひどいよお兄ちゃん。あたしには口でしかさせてくれなかったのにっ!! 夏香さんとはしちゃうなんてずるいっ!!」

「ちょ、ちょっと鈴ちゃん!?　なに言ってるのよっ！」

ドラゴンに向かって、ぎょっとした様子で夏香が固まった。

脚本にないセリフを鈴と夏香が言ってしまったことにより、音響担当の生徒が戸惑い、操作の手をとめる。途端、舞台はしんと静まりかえった。

「あたしだって、口だけじゃなくて、オモチャだけじゃなくて、ちゃんとお兄ちゃんとしたかったのにぃっ!!」

「お、おい……お前なに言って——」

キャストと観客の目の前で、とんでもない発言をした妹に橙馬があわて、思わず舞台に飛びだしてしまった。だがふと背中にいやな視線を感じた。

振りかえれば、今にも髪の毛を逆立てそうなくらいに眉を怒らせた幼なじみの顔がある。

「……口だけじゃなくて、オモチャですってぇ?」

「いや、それはその……」

「あなた、鈴ちゃんにいったいなにしてるのよっ!!」

「っていうか夏香、演劇中だよ今っ!!」

舞台上でずんずんとつめ寄られ、橙馬があたふたと声をかけると、我に返った夏香があわてて口を押さえる。

だが次の瞬間、橙馬の背後で耳をつんざくような声と、不思議な轟音が鳴り響いた。

「お兄ちゃんのばかぁぁぁぁっ!!　うわあああああんっ!!」

「す、鈴っ!!」

叫んだ鈴の声とともに、橙馬たちの上を向いていたハリボテの口から炎が吹きだしたのだ。振りかえった橙馬が自分の頭上を掠めた炎に後ずさった。

一瞬にして舞台の天井部分に背景の一部として飾っていた草のツタが炎に包まれる。

観客席から「おお!!」と感嘆の声があがるが、舞台上のキャストたちや夏香は脚本の内容と明らかに違った演出に悲鳴をあげた。

「ハリボテが火を吐いてる!?　嘘、そんな演出頼んでないわよっ!!」

「そんな……鈴……」

——鈴のなかのドラゴンが……目覚めたのか?

吐きだされる炎は、演出なんかではない。そんな可愛げのある悪戯ではない。

「鈴……」

橙馬は呆然と目の前のハリボテを見つめた。

そのハリボテは、さっきまではガクガクと、やっとのことで動いていたのに、今ではまるで本物のドラゴンのような滑らかな動きを見せている。

ずしん、ずしん、と舞台上を歩きまわり、背景をなぎ倒し、そして燃やしていく。

怪獣映画のような破壊活動的な動きに、尻尾側を担当していた生徒が転がりでて逃げていった。

『マスター』

呼ばれて足もとを見れば、今朝鞄に入れてそのままにしていたフライ返しがあり、橙馬はハッとなって叫んだ。

「ル、ルビっ!!　お前っ!!　こんな場所で誰かに見られたらどうするんだよっ」

『それは心配いりません、観客もキャストも皆それどころじゃありませんから』

ルビに言われ、見渡せば確かに体育館内はパニック状態だった。

だがそんな人々が混乱するなか、一人だけやけに冷静になった夏香の姿があった。

いや、冷静というよりも唖然としていたのだ。橙馬と喋るフライ返しを見つめて。

「……フライ返しが……喋ってる……」

夏香はそのまま記憶が甦ったのか、みるみると目を丸くしていく。だが今は詳しく説明をしている暇なんてない。橙馬はフライ返しを両手でつかみ、尋ねた。

「なあルビっ、この場を治めるいい方法はないか?」

『前世で貴方がそうしたように、私を妹君の頭上に向かい、振りおろすことだけです』

「それ以外でだよ!　鈴を傷つけない方法だ!」

鈴を危険に晒すなんてこの状況になった今でも考えることなどできない。

「なにかあるだろ?」

『私も彼女もまだ完全に力を取り戻しているわけではありません。だから彼女の動きをとめることしかできないはず』

「わかった、お前を信じるよ」

とにかくこの状況をなんとかしないと、怪我人を出しかねない。橙馬はルビを拾いあげ、鈴に向かって叫んだ。

「落ち着け鈴!!　こんなことしちゃダメだ!!　頼むから元に戻ってくれよっ!!」

だがドラゴンは口から炎を吐きつづけたままだ。牙の生えた口は開いていたが、炎に包まれていて鈴の顔は確認できない。

「くそっ……いくぞルビスティアっ!!」

橙馬はフライ返しを野球のバットのように握りしめると、自分の倍以上の大きさはあるドラゴンに向かって床を蹴りあげた。

驚くほどに体が軽々と宙に舞い、見ていた観客からも感動の声があがる。だがすぐにそれは悲鳴へと変わった。

「橙馬っ!!　ドラゴンの首がっ!!」

天井を向いていた重たげな首が、橙馬の正面に向き、口を開いたのだ。

途端、吐きだされたオレンジ色の炎が橙馬の体にまとわりついた。

体育館内のいたるところから「男子生徒が燃えるぞ!!」「火を消せ!!」と悲鳴があ

がる。だが不思議と橙馬の体はそこまで熱をあまり感じていなかった。

――鈴！　助かってくれっ!!

祈りをこめ、橙馬はフライ返しをハリボテの上へと叩きつける。

ガシンッ!!とステンレスとは思えない金属の衝突音が鳴り響く。橙馬が背後に飛び退る。

そこにいた人々が息を呑み、舞台が燃える音だけになる。そんななか、パキパキと乾いたような音がドラゴンから鳴った。フライ返しを叩きつけた場所にヒビが入ったのだ。ひび割れはドラゴンの口の先から尻尾の先まで、まっすぐに亀裂を作り、真っ二つに割れた。

左右に割り開かれたハリボテの鱗が、壁が崩れ去るかのようにして剝がれていく。鉄板でできた鱗がすべて崩れ落ち、目の前に制服姿のままの鈴が現れた。

うつろな顔の目は赤く血走り、口は半開き状態で、はぁはぁと息を切らしている。

「鈴ちゃんっ。よかった、無事だったのねっ!!」

夏香が叫び、鈴の瞼がぴくりと揺れた。

「鈴っ!!」

橙馬の声に澄んだ色が瞳に戻っていく。

「あ……」

ゆっくりと首を動かし、舞台を見渡していく。消火器を手にした生徒たちが炎が燃え移った場所を鎮火していた。燻《くすぶ》った煙のなか、鈴がわなわなと口を震わせる。

「お、お兄ちゃん、私……今なに……してたの？」

まるでぽっかりと記憶が抜けていたかのような言葉を呟くと、鈴の身体がぐらりと揺れる。橙馬はとっさに煤で汚れた彼女の身体を抱きしめた。

「鈴っ!!」

「……ひっく……、ねえ、なにしたのあたし。ねえお兄ちゃんったらっ！」

涙で頬を濡らしながら鈴が嗚咽をもらす。だがこんなに傷ついた顔をする妹に、話すことなどできなかった。

「大丈夫、もうすんだことだから気にするな」

橙馬は泣きじゃくる妹の身体をきつく抱きしめる。ふにゃぁ、と鈴の泣き声があがる。

——無事でよかった……。

今自分の腕のなかにいるのは正真正銘の自分の妹だ。ドジで泣き虫な鈴だ。今そこにいてくれるだけのことが、こんなに幸せなことだとは思いもしなかった。

橙馬の目頭がカッと熱くなり、視界が涙でぼやけてしまう。

「お前が無事でよかった」

「ごめんね……ごめんねお兄ちゃん……」

鈴はようやく炎を吐く直前までのことを思いだしたようだった。

「あ、あたしがヤキモチ妬《や》いちゃったから……劇がこんなことに……ごめんなさい」

その様子を見ていた夏香は、あわてながら舞台袖に落ちていたマイクを引っつかんだ。

「こ、こうして、プリンセスの私と、村人のおかげで、ドラゴンの呪いは解け、少女は助けだされたのでした」

白煙が収まりはじめた会場は、半分以上の観客が逃げていなくなっていた。残っていた客たちはぽかんと口を開け、夏香の突発的なナレーションを不思議そうに聞いている。

だが、夏香はそんな客の反応をもう気にしてはいなかった。

「さ、カーテンコールよ。音楽をお願い」

舞台裏へ声をかけると、右手に鈴の手を、左手に橙馬の手を握って前へ引っ張りだした。

もちろん、最初は拍手はなかった。だが橙馬たちにつづき、舞台袖から他のキャストが出てきてお辞儀をはじめたことで、ようやくカーテンコールと気がついたらしい。

パラパラと打ちはじめられた拍手は、やがて大きくなっていった。

拍手を受け、橙馬たちは頭をさげる。その横で夏香が納得したように言った。

「やっぱりあれ、夢じゃなくて現実だったのね……」

『残念ながら姫君』

「やっぱりフライ返しが喋ってる。どうやら信じるしかなさそうだわ。信じたくないけど」

「ごめんな夏香、問題に巻きこんで、劇までめちゃくちゃにしちゃって」

あんなに張りきって仕切っていたのに、舞台はボロボロ、夏香のドレスも煤《すす》だらけだ。髪の毛も乱れたプリンセスは、今この状態でシンデレラでも演じたほうがしっくりくるほどの姿だった。

ボロボロのプリンセスが、同じくボロボロの鈴に微笑みかける。

「鈴ちゃん。そんな前世なんかに負けちゃダメよ、一緒に乗り越えましょう」

鈴は夏香を見上げ、最初は恋敵として肩を強張らせた。だがすぐに自分が劇を壊してしまったことを思いだしたのだろう。

「うん。ありがとう、夏香さん……」

鈴と夏香の繋いだ手がさらに固く結び直された。

舞台上はいまだ燃えた煤の匂いで充満している。

それは誰がどう見ても失敗した演劇だったが、橙馬はそれでも清々しい気持ちでいっぱいだった。たぶんそれは、幼なじみにすべてを話せ、受け入れてもらえたこと、そして鈴がいつもの愛らしい妹に戻ってくれたからだ。

今この瞬間が愛しくて、このまま時がとまってほしくてたまらなかった。

3Pクエスト☆☆竜と姫がお尻並べて誘惑競争

橙馬はリビングのソファに寝転び扇風機の風に当たりながら、妹を目で追っていた。

「うーシャワー浴びたら余計汗かいちゃった。カキ氷カキ氷」

シャンプーの香り漂う濡れた髪の毛を揺らしながら浴室から出てきた鈴は、リビングから見えるキッチンの冷蔵庫を開け、製氷皿を取りだしていく。

「次はカキ氷機……あ、あったあった！」

そしてすぐに棚のなかから手動のカキ氷器を取りだし、嬉しそうに笑った。

「えっへへー。見つけた！　お兄ちゃんも食べる？」

「ていうかさ……なんで、お前はそんなに元気なんだ？」

「だって夏休みだもんっ!!　夏休みが嫌いな学生なんていないでしょ？」

「いや、それはそうだと思うけどさ……」

妹に屈託のない笑顔を向けられ、橙馬は渋面になった。

あの演劇でのとんでもない文化祭から数日後、一学期は終わり、橙馬たち学生は夏休みを迎えていた。

確かに学生にとって夏休みは心が躍るほどにありがたい。だが文化祭での鈴の暴走をはじめて目にしてからというもの、橙馬は時が経っていくのが歯がゆくて仕方がなかった。

——どうしてそんなに元気でいられるんだよ……。

鈴のドラゴン化は着実に進んでいる。不安な思いで妹の頭を見れば、今や立派にそそり立った二本の角に、太くうねる大きな尻尾がある。

こうして普通に会話をしているのはまぎれもない自分の妹なのだが、やはりドラゴンとしての存在が大きくなっているように感じる。

橙馬が口ごもってしまっていると、鈴は不満たっぷりに唇を尖らせた。

「それで、お兄ちゃんは食べるの？　カキ氷。食べないならあたしのだけ作るけど、あとで欲しいって言ったって、あげないんだからね？」

「……あー、じゃあ欲しい。オレのもよろしく」

「わかった。ちょっと待っててね」

橙馬が答えるなり、鈴がキッチンでカキ氷機に氷を入れてまわしはじめる。

鈴がむむむっと眉をしかめながら固いレバーをまわしていく。それと同調するかのように大きな尻尾もぷるぷると震えていた。

鈴は家では帽子も尻尾カバーもはずし、ドラゴン娘のままで生活だ。

「なあ、あとどれくらいなんだ？」

橙馬がソファの横にいたフライ返しにこっそりと声をかけると『もうわずかですな』と、深刻そうな声が返ってくる。

『妹君のドラゴンが目覚めたら、決断をしなければなりませんマスター』

「わかってるさ……」

結局、なんとかすると言っておきながら、なにもいい案は浮かばなかった。

そうこうしているうちに、目の前にトンッとカキ氷の入った器が置かれる。

「はい、どーぞ！」

透明のシロップが乗ったみぞれカキ氷だ。

「お、さんきゅ」

橙馬はルビとの会話をとめ、器に手を伸ばす。だが室内に来客を告げるチャイム音が鳴り響いた。

「はぁ……またか」

「まただねきっと、カキ氷もう一個つくるね」

橙馬がうんざりとため息をつくと、鈴が苦笑してキッチンへ立ちあがる。

外のインターホンと繋がっている受話器を取った橙馬が「開いてるよ」と声をかけると、ほどなくして玄関から夏香が入ってきた。

「ニュースよニュース！」

涼しげなワンピース姿の彼女が手に掲げていたのは、分厚いファイルや本だった。

「今朝も図書館とパソコンで調べてきたけど、いろいろとあったわよー」

そう言って、橙馬と鈴の間にファイルを置いて開いた。

なかに書いてあるのはすべて前世に関するものだった。

あの文化祭の日以来、夏香はようやく自分の前世や鈴のドラゴンに関して、信じてくれるようになった。

「前世の記憶を持って生まれた人がいるんだって」

そしてなにかといろいろと調べ物をしてきては、鈴のドラゴン化を心配してくれている。

「あとでなにかいい方法がないか、ここから探してみましょうよ。ね、鈴ちゃん」

「うん、ありがとう夏香さん」

追加のカキ氷を持ってきた鈴が無邪気に笑ってうなずく。

「でもその前に皆でこれ食べよ？」

「あらいいわねカキ氷。いただくわ」

それもそうね、とファイルを横によけてカキ氷に手をつけていきながら、額を拭って夏香が呻いた。

「それにしても、この部屋暑くない？　エアコンつけないの？」

「リビングのエアコンは古い上から、電気代がバカにならないんだよ。寝るときに自分たちの部屋で少しつけるくらいだよ」

両親から毎月貰っている仕送りも、あんまり無駄使いするわけにはいかない。

可能な限り節約をせよ、というのが橘家のモットーだ。

「こうやってカキ氷食べてれば、体も涼しくなるしね」

「なるほど、工夫してるのね」

夏香が感心したようにうなずくと、先ほどのファイルを片手でパラっと開いた。

「それにしても。前世の記憶を持って生まれた人の前例がこれだけあるなら、みんなどうやって折り合いをつけてるのかしら？」

ページを開いて「なにかしら、治療はしてるんだと思うけど……」と唸る。

すると側に静かに座っていたフライ返しが声をあげた。

『前世治療などではないでしょうか？』

ルビの言葉に橙馬が首をかしげる。

「前世治療?」

『ええそうです』と、ルビが話しはじめた。

『それは先日の深夜、蒸し暑い夜でエアコンのリモコンに柄を伸ばしたときでした。なんとなくリビングに置かれていた広告チラシが目に入り、私は退屈だったこともあって、その雑誌に目を通しておりました』

「おいちょっと待て、オレたちがエアコン使わないように気をつけてるのに、なに普通に使ってるんだよ」

「あたしたちは頑張って節約してるのに……」

橙馬と鈴が呆れたようにフライ返しを見る。だが夏香は真面目な様子で聞いた。

「で、そのチラシがどうかしたの?」

『はい、そこに前世治療キットなるものが通信販売されていました。そのキットを使い、前世の者と対話し、直接治療していくというものでした』

「なんだその広告……怪しくないか?」

そもそも通信販売で購入できるというのが怪しい。

「なるほど、チラシはどうかと思うけど、前世治療はいい案よね」

だが隣にいた夏香は珍しく納得したようにうなずいた。

「記憶の奥底に眠っている、普段は無意識な部分を引きだして、それを治療する。確かに使えそう……。まあ私は、あまりそういうのは信じてないけど」

「なるほどねぇ」

橙馬も夏香と同じく、半信半疑だった。

しかし今はどんな手段でもいいから鈴を助けたい。

「前世治療か……でもそういう治療をしてくれる人のところに行くとしたら、いったいいくらかかるんだ？」

「それはわからないわ。行ってすぐに見てもらえるのかどうかもわからないし……」

「そんなにお金かけるのはお父さんとお母さんに悪いよ」

どうやればいいのだろうと、三人は首をかしげて悩む。

するとフライ返しが『心配は無用です』と悩む三人の間に入ってきた。

『こういうこともあろうかと、その前世治療キットを買っておきましたから』

「はぁっ!?　買ったってお前が？」

なにやらいやな予感がしてしまう。するとカキ氷を食べていた鈴が「あ、そういえば」ぽんと両手を叩いた。

「今朝お兄ちゃんに荷物が来てたけど、あれのことかな」

玄関先へと向かった鈴がすぐに大きな包みを抱えてきた。見てみれば橙馬宛となっている。

「あ、やっぱりそうだよお兄ちゃん。前世治療キットって書いてある」

「いったいどんなものが入ってるのかしらね、怪しいわ」

「お兄ちゃん。開けてみようよっ」

「おう、わかったから落ち着けよ」

興味深そうな夏香と、せっついてくる妹に囲まれ、荷物の梱包を解いていく。

「ずいぶんと大きな包みだから、いろいろ入ってるんだろうな」

だが橙馬たちは箱の蓋を開けた瞬間に閉口した。

「なんだよこれ……」

両手で抱えなければならないほどの大きな箱のなか、入っていたのはほとんどが梱包材だ。その中心部にちょこんと五円玉と、薄っぺらい説明書が乗っかっている。

橙馬は血の気を引かせながら、聖剣に尋ねた。

「で……いったいいくらしたんだ。聞きたくはないけど、うちの金で買ったんだろ?」

梱包だけはやけに立派なことに、いやな予感がする。

『ご安心をマスター。六万円ほどでした』

「嘘だろっ!?」

「百円で買ったフライ返しに六万も散財されるなんて、ずいぶん情けない勇者だわね」

「ドンマイだよ、お兄ちゃんっ!!」

幼なじみに呆れられ、妹から慰めを受けて、物悲しくなってくる。

「てか、なんでこんなにでかい入れ物なんだよ……たかが五円玉を運ぶのにこんなでかい箱なんて、完全に詐欺《さぎ》じゃないか」

橙馬は箱のなかの梱包材をまさぐり、なかに入っているであろう伝票を探していく。

「こんなもの、すぐクーリングオフだ。送りかえそう」

学生である橙馬たちにとって六万円は大金だ。それだけあれば余裕で一カ月暮らすことだってできる。だがどんなに梱包材をひっくりかえしても、販売会社の住所が書かれたものが出てこない。まさかと思い、宅配の配達伝票を見てみれば発送元は会社名だけしか書かれていない。

橙馬は青ざめながら聖剣に尋ねた。

「おいルビ……この通信販売の載ってたチラシはどうした？」

『先週の古紙回収で捨てました』

「はぁ？　本当にどうすんだよこれ……返品もできないのか？」

こんな見え透いた詐欺に騙されてしまうなんて、と橙馬は脱力してしまう。するとルビは相変わらずの落ち着いた声をかけてきた。

『ですがこれがあれば、その前世治療とやらができるのではないですか？』

「まあ……確かにそうね、騙されたと思ってやってみるのもいいかもしれない」

あまりの橙馬の落胆ぶりが哀れに見えたのだろう。いつもはこういったものをいっさい信じない夏香が、ポンと橙馬の肩を叩いた。

「とにかく、どうせ返品できないなら、やってみましょうよ。こんな五円玉で治療なんてできないと思うけど、なにか変化があるかもしれない。ね、鈴ちゃん」

「うん、普通に治療するのは怖いけど、でも五円玉での治療ならあたし、平気だよ？」

「お前たち……」

なんだかとても情けない気分になってきてしまう。だが、今はそれしか方法がないのかもしれない。こうやって家のなかでだらけているよりはマシだろう。

「そうだな……やってみるか。どう見てもタダの小銭にしか見えないけど」

橙馬は横目でジロっと聖剣を睨むと、説明書を手にした。

「五円玉を対象者に向けて、暗示をかける……やり方は簡単みたいだな」

「五円玉も普通にタコ糸で吊るしてあるだけなのね」

隣にいた夏香が糸を引っ張りあげて五円玉を掲げてみせる。そんな二人をどこかそわそわとした様子で見ていた鈴が不安そうに口を開いた。

「でもお兄ちゃん。暗示をかけたあとはどうなるの？」

「えっと、ちょっと待ってろよ。……たしかそれは次のページあたりに……ああ、あったあった。暗示をかけたあと、前世の記憶が表に出てくるらしい。で、その出てきた記憶と普通に会話をしてトラウマとかを解決するって、書いてあるな」

「なんだか前世治療というより催眠療法ね」

夏香は糸のついた五円玉をぶらぶらと揺らし、呆れたように笑う。だがすぐにあわてた様子を見せた。

「と、橙馬っ!!」

「なんだよ、今まだ説明書読んでるんだからせかさないでくれよ」

「違うっ!! 鈴ちゃんを見て!!」

どん!と肩を小突かれ、橙馬が説明書から顔をあげると、さっきまでコロコロと表情を変えていた鈴がぼんやりと夏香の揺らす五円玉を見ていた。

「おい……鈴?」

彼女の目の前で手をひらひら振って見せるが、瞳孔はぴくりとも動かず五円玉に集中している。

『どうやら、催眠状態に入ったようですな』

「単純すぎるぞ鈴……」

そのあまりの入りこみように聖剣とともに呆れてしまう。

「でも、この状態になったってことは、本当に前世治療ができるかもしれないわ。つづけましょ!」

「そ、そうだな……えーと次は……」

あわててページをめくり、書いてあることを幼なじみに伝えていく。

「催眠状態に入ったら、相手の意識が前世に入っていることを確認し、直接会話しながらトラウマなどを解決していきます、だってさ。でもこれしか書いてないぞ？」

「とにかく話しかけて、前世の記憶があるかどうか尋ねてみるってことね」

夏香は五円玉を揺らしながら鈴へと向き合った。

「鈴ちゃん、なにが見える？　今あなたはどこにいるの？　鈴ちゃん？」

夏香が尋ねると、鈴はゆっくりと口を開いていった。

「空が見える……空。真っ赤な空」

鈴の視線はまるで遠くを見ているようにも近くを見ているようにも見える。鈴の声はいつもよりかすれて聞こえてくる。

「赤い空が綺麗……とても気持ちいい気分」

「空が赤いって……どういうこと？　なにかが燃えてるの？」

「……燃えてるよ、たくさん。山も建物も全部燃えてる。聞こえる、人間の叫び声が」

視界の定まらない視線のまま、鈴の口もとがニヤリと笑う。その姿を見て橙馬はゾっと背筋を凍らせた。

――鈴じゃない……。

目の前にいるのが妹には見えなかった。鈴はそんな気味の悪い笑い方なんてしないし、なによりも地震や雷、火事なども怖がる性格だ。

「もう前世の記憶が前に出てるってことよね……鈴ちゃんじゃないみたい」

五円玉の紐を持った夏香も眉をひそめる。

鈴は一人口もとだけをニヤつかせ、笑いつづけていた。

「気持ちいいよ……すごく幸せ。もっと聞きたい、人間の悲しい叫び。もっと……」

「おい、鈴──」

橙馬は妹へと手を伸ばす。聖剣が叫んだ。

『マスター、近寄っては危険ですっ』

その瞬間、鈴の身体が強く光り、橙馬たちのいるリビング内を白く染めた。

「うわっ!!」

熱い風が、橙馬たちを吹き飛ばすかのように起こり、橙馬はとっさに両腕で顔を覆う。

側にあった空の器が後方へと吹き飛び、腕にぶつかり、夏香も側にあった家具をつかんで伏せていた。

「大丈夫!?　橙馬っ!!」

「ああ……でも、いったいなにがあったっていうんだ?」

覆っていた腕をどけて橙馬は妹のほうを見た。だがさっきまでそこにいたはずの鈴の姿はない。すると夏香が叫んだ。

「橙馬、上っ!!」

「上?……っ!!」

言われて顔をあげると、頭上に鈴の姿があった。

鈴は大きな翼をゆっくりとはためかせながら、天井からこちらを見下ろしている。

「うそだろ……翼が生えたぞ!? おい鈴!! 大丈夫かっ!?」

橙馬は叫んだが、鈴はなにも答えはしなかった。うつろな目をしたまま、翼に引っ張りあげられるようにして空中に浮かんでいる。

『これはまずいです、マスター。妹君の気配が消えかかっています』

「なんだって? それじゃあ鈴はドラゴンになっちゃうっていうのか!? どうすりゃいいんだよ!」

『ドラゴンの覚醒を少しでも抑えられるのはマスター、貴方だけです。いつものように治めるか、私を奴に振りおろして倒すか、どちらかしかありません』

「いつものように……」

大切な妹を傷つけるわけにはいかない。となると実行できるのは一つしかなかった。

「鈴っ……目を覚ましてくれっ!!」

橙馬は宙に浮かぶ妹の手をぐいっと引っ張り、叫んだ。

「ドラゴンなんかに負けるな。お前はオレの妹だろ？　こっちに戻ってくるんだ！」

妹の名を強く呼び、少しでも彼女の意識を戻そうと叫びつづける。

「鈴っ!!」

すると、色が失せていた鈴の瞳が揺らいだ。

「……ぁ……ぉ、お兄ちゃ……」

唇をかすかに動かし、橙馬に視線を動かし、いつもの幼い妹の声をもらす。

「身体が……おかしいの……また、うずうずして……ああダメ……」

絞るように声をもらし、再び表情をなくしていく。まだギリギリのところで妹の意識があるのを確認すると、橙馬は強く手を引っ張った。

——このままここで、抱けばなんとかなるか？

いつも鈴のドラゴンの疼きを抑えるときは彼女を抱いていた。それで元の妹に戻るのならば、すぐにでもこのまま引き寄せてしまいたい。

だが、自分の背後にいる幼なじみはどうすればいい。鈴や自分の前世をなんとか認めてはくれたが、妹と再び関係を持つ自分をよくは思わず、とめに入ってくるだろう。

「そんな……私がこんな前世治療をしたばっかりに……どうしよう橙馬……」

夏香はどうしていいかわからない様子で、ソファにへばりついている。

困惑している彼女に一から説明している暇なんてなかった。

「夏香、頼みがある。この前世治療キットの会社を調べて、前世から意識を戻す方法を聞いてきてくれないか？」

意識を朦朧《もうろう》とさせ、翼をばたつかせる鈴の手をつかんだまま、夏香に向けて言った。

「住所は書いてないからネットで調べてきてほしい。で、その会社にどうすればいいか聞いてきてくれ。オレの家のネットは通じないから自分の家で頼む！」

「ええっ!?　でも鈴ちゃんを放っておけないわよ」

「鈴はなんとかオレが繋ぎとめておくから」

夏香の見ている前で妹とエッチするわけにはいかない橙馬は必死だ。

「あとルビ、お前も夏香と一緒に頼むっ!!」

妹の手を握りしめながら橙馬は聖剣に目配せをした。

もちろんインターネットがここで通じないというのは真っ赤な嘘だった。どうにかして自分と鈴が関係を持っている間は夏香を引き剝がしてほしい。そんな気持ちが伝わったのか、ルビは夏香の肩の上にぴょんと跳ね乗った。

『私もご一緒しましょう姫君。私とマスターは一心同体、マスターの身になにかあればすぐにお知らせできます』

「そう、わかったわ。それじゃあ橙馬、あとはお願いね！　すぐに調べてくるから！」

「お、おう頼むっ!!」

バタバタとせわしなく夏香が橘家から出ていく。橙馬は彼女が去っていく足音を確認すると「鈴っ」妹の手を力いっぱい引っ張った。

途端、あのしゃがれた気味の悪い声が鈴の口からもれた。

「……やめろっ……勇者、私に触れるな……」

「っ!? ドラゴンめ!! これは鈴の身体だ、鈴のなかからさっさと出ていけっ!!」

「出ていけだと? ナマイキな………ぐっ……」

そこまで言うと、突然鈴の身体を乗っ取ったドラゴンが苦しげに呻いた。

「この娘、翼まで生やしてやったというのに、まだ私に抵抗するというのか……」

橙馬につかまれていないほうの手を動かし、胸を押さえ、そのまま沈黙して目を閉じてしまう。

「す……鈴?」

橙馬が不安になりながら顔を覗きこむと、大きく今やっと目覚めたかのように鈴の瞳が開いた。

「お……お兄ちゃん……」

潤んだ気弱な瞳が橙馬を見下ろす。背中から生えた翼は橙馬に抵抗を見せる様子もなく、羽ばたきを弱めていく。

「大丈夫か？　戻ったんだな？　鈴だよな？」

「う……うん。そうだよ……あたし、今すごく怖かったよぅっ」

翼を折りたたむと、鈴の身体はストンと橙馬の腕のなかへと収まった。

「夏香さんの五円玉を見てたら、いきなり真っ暗になって……身体がウズウズしてきて……背中が熱くなっちゃったの……」

背中に生えた大きな翼を見て、鈴の表情が悲しそうに歪んだ。

「ねえ、お兄ちゃん……あたしまた文化祭のときみたいに——」

「いや、大丈夫だ、なにもしてないから心配するな」

部屋は荒れたが、そんなことどうでもいい。橙馬はぎゅっと妹の身体を抱きしめた。

「夏香さんとルビちゃんは？」

「ちょっと外に出てもらった……。だってまだ身体、疼くんだろ？」

「……うん……」

鈴が頬を染め、こくんとうなずく。そして上気した遠慮がちな視線を橙馬に向けた。

「ごめんね、お兄ちゃん……あたし、近頃お兄ちゃんを困らせてばっかりだよ……」

そう言って深く橙馬の胸に顔を埋めてくる。

「エッチで迷惑ばっかかける妹でごめんなさい……」

ふんわりと橙馬の鼻先に爽やかなシャンプーの香りが漂う。硬い角と太い尻尾、大きな翼まで生えてしまったが、甘ったれなところは変わらない。

「本当、困った妹だよお前は……」

橙馬は今目の前にいるのが、いつもの妹だということに安堵のため息をもらし、抱きとめたままの腕を鈴の腰の湾曲に合わせておろしていった。

そのままミニスカートのひらひらとした布地をまくしあげ、下着越しの柔らかな尻肉を両手でつかんで揉んでいく。

「んんっ……ああ……」

真ん丸のもち肌ヒップを揉みほぐされ、鈴が胸のなかですがるように身を捩らせた。

「お、お兄ちゃんの暖かい手……嬉しいっ……」

顔を甘くとろつかせながら、兄の胸もとに強く顔を押しつける。

疼いた身体は橙馬に触れられると、さらに熱を持つ。だがそれと同時に言葉にできないほどの安堵感が身体を覆っていく。

——あたし、まだお兄ちゃんを感じて、お兄ちゃんの妹でいられてる。

いつ自分がすべてドラゴンに奪われてしまうかもわからない恐怖のなか、橙馬のぬくもりだけが鈴にとっては一番の精神安定剤だ。

兄の指が自分の肌に優しく食いこみ、心地のいいくぼみを作るたびに、甘い痺れが生まれていく。

薄い夏服のなかに手を滑りこまされた鈴は、ただ兄に身をゆだねた。

ヒップをつかむ手は探るようにして鈴の下着のなかへと進入してくる。少しだけ汗ばんだ兄の手のひらがぐにぐにと肌を揉み、その指先が桃尻の割れ目に触れるたびに、ゾクゾクとしてしまう。

「んっ……お尻……気持ちいいよぅ……」

自然と鈴の太腿は兄の手がより深く肉割れへと入りこみやすいように横にひろげられていった。

橙馬が両手に力を入れ、下着のなかの尻タブを割り開いていけば、膣口付近が湿った音を出した。

「……もうこんなに濡れてる」

小指が触れたその場所は、鈴の瞳と同じく潤んでいるように愛蜜が溢れかえっている。指先を離せば糸が引くほどだ。

「鈴のここって、オレが触る頃にはいっつも濡れてるな……」

橙馬はオレンジの皮を真んなかから裂くかのように割れ目に指先を押しこんだ。途端、腕のなかで妹の小さな身体が弾んだ。

「あああっ……だって、お兄ちゃんに触られるの、大好きなんだもんっ……」

歯がゆそうな声をもらしながらも、心地よさそうに目を細め、うっとりとした眼差して見上げてくる。

「お兄ちゃんの手、優しくて……んんっ……ときどきイジワルで好きなのぉ……」

愛らしい顔立ちをさらに甘くさせる鈴。その姿を見ていると橙馬も自然と顔を緩ませてしまいそうになる。それに、こんなに可愛らしくいじらしい妹が、いつか完全にドラゴンになってしまうなんて考えたくなかった。

「鈴……ずっとオレの側にいろよ……」

橙馬は心から思う言葉を口にし、下着のなかの指先を動かした。愛液をたっぷり含んでふっくらとした二枚の双葉を割り開き、なかから溢れる蜜を潤滑油として、両手の人差し指をそのまま沈みこませていく。

「んっ……あふっ……ああっ!!」

橙馬とともに立ったままの鈴が、下から入りこんだ二本の指の衝動に、背伸びをするように爪先立ちになる。

「ああんっ……お兄ちゃんの指、入ってくるよぅっ……」

敏感な部分に入りこみ、うねうねと指を動かされた鈴が、腰を浮かしながら橙馬の顔へと恥ずかしそうに唇を近づけていく。

橙馬は妹の唇を求めるように首をさげて唇を重ねると、舌先を割りこませる。

舌先で小さな鈴の口内をまさぐり、甘い唾液を啜って、妹の存在を一心に味わっていく。

するとごそごそと鈴が腕のなかで手を動かした。小さな手が橙馬の穿いていたズボンの中心へと向かっていく。

「ん……ちゅ……あたしも触るぅ……」

何度も橙馬の唇にキスをしながら、手のひらで橙馬の股間を撫でさすっていく。

「お兄ちゃんのここも……んっ……大きくするの……」

そして小さな手でズボンのジッパーを躊躇することなく引きおろすと、その間に手を忍びこませた。

「んしょっと、……あったぁ。もう大きくなってるよ?」

橙馬の顔に頰擦りをしながら鈴が嬉しそうに顔を綻ばせると、そのまま片手を押しつけ、トランクスのなかからペニスを引っ張りだした。

鈴の手のひらのなか、ゆっくりと立ちあがりを見せる橙馬の分身。じんわりと血液が下半身に集まるなか、橙馬もまた鈴の柔らかな肢体を楽しみはじめた。

鈴の膣内で動かしていた指をぐいっと曲げると、つぶつぶとした膣壁の感触が指先に当たる。内膜から溢れる蜜液でぬるぬると滑るそこを指の腹で押せば、鈴の身体がビクンと震える。

「はぁんっ……だめだよぅお兄ちゃん、そんなに動かしたら集中できないよ……」

澄馬のペニスを手筒で擦りながら鈴は敏感な反応を見せた。

キャミソールに包まれたままの胸も先端が尖りはじめ、片手をそこへあてがえば、鈴はのけ反りながら澄馬の肉棒をぎゅっと握りしめた。

「ふぁ……ああンッ」

内膜を指で引っかかれるたびに、鈴のなかに蕩けるような熱が生まれる。

せっかく兄にも気持ちよくなってもらおうと思っていたのに、力が入らない。

「ン……あんまり激しくしちゃだめぇっ……」

「でも激しいほうが感じるんだろ?」

「で、でもそんなになか……ああんっ……かき混ぜたら……んんっ」

イジワルな兄が、キャミソールをブラジャーごとまくしあげ、鈴の桜色の突起を口に含んだ。

「ほら、……ちゅっ……口で触れただけで、もっと硬くなってきた」

わざとらしく音をたてて舐め啜られ、鈴の敏感すぎる身体はよじりながら、汗を浮かべていく。

「も、もうっ……お兄ちゃんの……イジワルっ……」

鈴は肩をすぼませながら、両手で澄馬の肉幹を揉みはじめた。亀頭の上から溢れはじめた先走り汁を手のひらに塗りこみ、まるでオイルを使うようにして兄のペニスを撫でていく。

手のひらに肉棒の上を走る血管が当たり、熱を持って硬くなっていくのがわかる。

「お兄ちゃんのだって……こんなに大きくなってる……気持ちいい？」

「ああ、いいよ。鈴の手、すごく柔らかい」

キメ細やかな妹の肌がペニスをすべすべと撫であげ、その滑らかな感触に腰が震えてしまう。唇を噛みしめ、妹から与えられる快感を味わっていると、鈴が甘えるような声をもらした。

「ね……お兄ちゃん……」

おずおずとした恥ずかしそうな声に視線をおろせば、橙馬の指を秘部に這わせられたままの鈴がもどかしげに腰を捩らせた。

「お兄ちゃんのここ、もうこんなに大きくなってて……あたしのなか、入りたいみたいだよ？」

その言葉に橙馬は思わず笑いそうになってしまう。

小さい頃から鈴はこうだった。なにかが欲しいときや、してもらいたいことがあるときは、つつましげな態度をとりながらも「してもらいたそうだよ？」と、さも相手がそうしてほしいかのように言うのだ。

「そんなこと言って、鈴がもう入れたいんだろ？」

「む、むぅ……そんなこと――」

思った通り、指摘すると鈴は顔を真っ赤にしてうつむいてしまう。そんな妹の態度が愛しくてたまらなくなってくる。

「わかったよ、ほら」

「ふぁっ!?」

橙馬は鈴の背中に手をまわして抱きしめると、そのまま子供を抱きあげるようにして持ちあげ、側にあったソファへと鈴をあお向けに組み敷いた。

「オレも入れたいよ……早く鈴のなかに」

華奢な身体を抱きしめ、鈴の下着に手をかける。ゆっくりとミニスカートのなかから下着をおろせば、クロッチ部分の裏側はすでに愛液で濡れ、どっしりとした重みになっている。

太腿の間で銀糸を引きながら下着をさげられ、鈴はもじもじと太腿を擦り合わせ、橙馬は苦笑しながら鈴の膝をつかみあげて開いていく。

両足を開かれたことにより、ミニスカートがはらりと鈴の腹の上へと乗る。ぷりぷりとした肉厚の双葉を指で開きながら、橙馬は自らの怒張したペニスを「じゃあ、いくよ?」切っ先を秘唇へ押しつけた。

泥濘《でいねい》の入り口はすでに亀頭を迎え入れるように濡れそぼり、吸いついてくる。

橙馬は狙いを定めるように腰をさげると、そのまま強く肉棒をねじこませていった。

「あ、あっ……」

鈴の口から、震える声がもれる。

割れ目を押し開く感触が橙馬の腰にペニス越しに伝わり、ほどなくして腰が重なった。膣内で受けとめきれなかった愛蜜が、密着した二人の太腿を濡らしていく。

「ふぁ……お兄ちゃんのさきっぽ、あたしの一番奥に当たってるよ……すごく硬くて……圧迫してくるの……はぁぁ」

首だけを橙馬のほうへと振りかえらせ、鈴が腰をうねらせた。

深々と膣内に埋めこまれたペニスの圧迫感に、身体の芯から悦びの震えがあがってしまう。鈴は艶かしい声をもらしながら、自ら腰を前後に揺らしはじめた。

「早く、お兄ちゃん……動いてぇ……あたし、もっともっと気持ちよくなりたいよう……んっ……」

小さな白いヒップから吐きだされては再び沈んでいく男根は、すでに鈴の大量の蜜に塗れ、テラテラと濡れ光っている。鈴が腰をくゆらすたびに、彼女のまだしこりのある胸がもどかしげにぷるぷると震える。

ソファに四つんばいになり、腰を高々とあげて肉棒を出し入れする妹の姿は絶景だった。

蜜壺に埋まるたびに、膣壁がぬるぬると肉幹にまとわりつき、橙馬は腰が徐々に高ぶる快感に欲望がさらに強まっていく。

このまま一気に妹の腰をつかみ、力任せに膣壁へ叩きつけたい。

だが、橙馬は戸惑っていた。

——これじゃあ腰……つかめないな……。

こちらに背中を向けた鈴だったが、その美しい背筋は尻尾と同じ色をした凶悪なドラゴンの翼で隠れてしまっているのだ。

「お兄ちゃん……はやくぅっ……」

「あ、ああ……」

橙馬は恐る恐る、その翼の根元をつかんだ。翼は触れた瞬間、バサっと震えたように二度三度羽ばたいてみせる。どうやらこの翼も鈴の尻尾と同じく、鈴とは別の意志を持っているらしい。

勇者につかまれたことに驚いているようだ。だがしっかりとつかめば、そこまで抵抗はしないようだ。

「いくぞ、鈴」

「うんっ……きて、お兄ちゃんっ……あたし、早くお兄ちゃんにいっぱい突いてほしいようっ……」

迎え入れるように鈴がさらに腰を高く上ずらせる。橙馬はまるで乗馬の手綱を握るように翼をつかむと、強く鈴の膣口へと腰を叩きつけていった。

「あっ……はぁっ……すごぃよぅっ……くるっ!!　お兄ちゃんの硬いオチン×ンがあたしのなか叩いてるぅっ!!」

「たくさん、突いてやるからなっ……くっ……」

まるでそれは傍から見たら獣同士のような交尾の姿だった。

「あひっ……あああっ……んっ、いいっ……ひぁんっ、あんっ!!」

ソファの背もたれに手をかけ、背筋を弓なりに反らした鈴が、腰をガクガクと震わせ、甲高い嬌声をあげる。

橙馬の亀頭が強く鈴のなかに押しこまれるたびに愛液がジュブっとくぐもった音をたてる。

「ああっ……もう鈴のなかすごい、グチョグチョだ……すげーいやらしい……」

「だ、だって……お兄ちゃんの硬いのが……すごく気持ちいいんだもんっ……」

口をパクパクとさせながら鈴が喘ぎ悶えた。だがそのときだった。

玄関のドアがバタンと開き、ドタドタとこちらに走ってくる音が聞こえ、橙馬と鈴は一気に身を強張らせ、動きをとめた。

あわてて体を離そうかとも思ったが、それよりも早く幼なじみが部屋へと入ってくる。

　夏香はリビングまで戻ってくると、よほど急いでいたらしく、その場で膝に手を当て、はぁはぁと息を切らした。

「ご、ごめんね。ネットで調べたら、このキットの会社、やっぱり詐欺会社みたいで全然情報が出てこなくて……その代わりネットで催眠状態は落ち着かせたほうがいいって書いてあったの」

　まくしたてるように言って、片手を掲げて見せてくる。そこには赤い革製の首輪らしきものが握られていた。

「とりあえずなにか鈴ちゃんを捕まえられるもの、って思って持ってきたの。家の犬の首輪しかなかったけど……って、なにしてるのよっ!!」

　そこでようやく顔をあげた夏香が、目の前の情景に声を荒らげ、橙馬と鈴が気まずそうに顔を見合わせた。

　この状況は言いわけなどしても決してはぐらかすことなどできない。

　ソファにもたれかけた妹の翼をつかみ、剛直した肉棒はちょうど半分まで膣内に入りこんでいる。

「私が必死になってネットで検索してるときに、あなたたちはこんな場所でそんなことしてたってわけね!!」

夏香は信じられないというように持っていた首輪を荒々しく床に叩きつけると、橙馬を睨みつけた。

「橙馬もそうやってすぐ鈴ちゃんにいやらしいことするなんて、最低よっ!!」

夏香は以前トイレで二人を見たときのように、顔を真っ赤にして怒鳴った。だが今回の事情は彼女にも理解できているらしい。

「どうせするなら、もっと場所を選びなさいよ……もうっ」

くるりと二人に背を向けて部屋から出ていってしまう。

橙馬はそのまま鈴に圧しかかったまま、一人で怒鳴り、弁解の余地もないままに去っていってしまった夏香に唖然としてしまう。

「やばいな……また夏香を怒らせちゃったみたいだ……」

「でも、あとで説明すればきっとわかってくれるよ」

「そ、そうだといいけどな……」

「うん……大丈夫だよきっと……」

鈴は額に汗を浮かべたまま、橙馬に振りかえり苦笑する。するとその視線はなぜか床へと注がれていった。

橙馬がその視線をたどってみれば、そこに先ほど夏香が叩きつけて置いていった赤い首輪がある。その首輪は前に夏香の家で見たことがある、彼女の愛犬であるラブラドールレトリバーという大型犬の首輪だ。

その首輪を鈴はなんとなく物欲しそうに見ているのだった。

「なんだ鈴。つけてほしいのか？」

「そ、そんなこと……ないもん……」

首輪を顎でしゃくられ、鈴が「あたし犬じゃないもん」と唇を尖らす。ただその首輪をつけたら、興奮が増すことを予感しているのだろう。その視線はいまだ恥ずかしそうに首輪へと向いている。

「よし、じゃあちょっと待てよ」

橙馬は腕を伸ばしてその首輪を手にすると、大きめの首輪をすっぽりと鈴の首もとまでおろした。

「お……お兄ちゃん？」

「興奮するだろ？　こっちのほうが」

不安と、少しの期待が入り混じった視線で見上げる妹にニヤリと笑い、首輪のベルトを締め、留め金をつける。

ほどなくして、鈴は赤い首輪に繋がれる形となった。

「苦しくないか？」

「へ、へーき……なんかちょっと犬臭くて、変な気分だよぅ」

「犬臭いか、そりゃそうかも」

橙馬は苦笑しながらも、鈴のなかへと腰を突き入れていった。


だがその様子を遠くからこっそりと覗いている影があった。

「犬臭いに決まってるじゃない。うちの子の首輪なんだから」

廊下で、ドアの陰からリビングをこっそりと覗いていたのは夏香だ。

「まさかあんなプレイに首輪を使われちゃうなんて……」

珍しく、爪をがじがじと齧《かじ》り苛立ちを隠せずにいる彼女に、聖剣が呆れた様子を見せた。

『その……覗きはどうかと思いますぞ？』

「だってしょうがないじゃない、私は鈴ちゃんのことが心配なのよ」

確かに夏香にとって幼なじみの妹のドラゴン化は心配なところだったが、それ以上に橘兄妹の関係に嫉妬してしまっていた。

血の繋がった実の兄妹同士の性関係をとめられない自分が歯がゆく感じてしまう。

「いくら鈴ちゃんを助けるためとはいえ、こんな関係はおかしいわよ……絶対」

『それは確かに。ですが姫君。いつまでもここにいても――』

ルビスティアが諌めるように声を出した。だがその言葉を聞いた瞬間、夏香はハッとした様子を見せた。

「姫君？　そうよ、私は前世で橙馬とは結ばれたのよね？　ルビ」

『は、はぁ……確かにそうですが……』

「で、そのあとはどうなったの？　悪いドラゴンを倒したあとの勇者と私は？」

『もちろん、姫と勇者は結ばれたことでしょう……私はドラゴンを倒したときに壊れてしまったので見てはいませんが』

「そう……結ばれたのね？　そうよね、勇者とお姫様の未来はいつだってハッピーエンドだものねっ」

『……ひ、姫君？』

「でもそれじゃあどうして、今私はこんなところで、惨めに盗み見なんかしなきゃいけないのよ」

夏香は自問自答するような苦しげな声をあげる。

——なんだろう。身体がムカムカするわ……。

ぐっと握りしめた拳の内側には汗が浮かんでくる。まぐわいつづける橘兄妹を見ていると、下腹の奥がキュンと疼くのだ。

「私……私だって……橙馬と……」

幼なじみの少年のことを考えると、身体中に羽でなぞられたようなゾクゾクとした感覚が生まれてくる。

「橙馬に……また入れてほしいのに……」

まるでなにかに操られるかのように、自然と指が下腹部へと降りていってしまう。

そんな夏香の異変に気がついた聖剣が『姫君？』と不審そうな声をかけるが、夏香にはもう耳に入っていなかった。

指先を下着越しになぞってみれば、本来滑るはずの淡い光沢を持った下着が濡れてしまい、夏香の指の通りを引っかからせてしまう。

——こんなに濡れてるのに……。

こんなにも自分の身体は橙馬を求めて愛蜜を溢れさせているのに、慰めるのは自分のか細い指しかないのだ。

夏香は悲しそうに眉を垂れさせながら、壁に背もたれ、下着のなかへと指を進入させた。トロトロとした蜜がすぐに指先にまとわりついてくる。身体のなかの膣壁が、切なそうにキュウウッと伸縮する。

夏香はリビングの陰から橘兄妹を恨めしげに見つめながら、秘裂に沈みこませた指を動かしはじめた。

橙馬が鈴につけた首輪は、想像以上に二人の興奮を高めていた。

「あっ……ひっ……お兄ちゃんの、奥にごりごり当たるよぅっ……」

兄が背後から深く抉るたびに、首輪から垂れる鎖を揺らし、鈴は口もとを緩める。

「うっ……あっ……いいのぉっ……気持ちいっ……あっ……」

大きな翼と、その首輪から繋がる鎖も同時につかまれ、ゾクゾクと背中を駆けあがる感触に目を細める。

まるで自分が兄のペットになってしまったような気分だ。

——あたし、お兄ちゃんに捕まえられて、後ろから襲われて悦んでる……。

征服される悦びに腰が打ち震え、腰を押しこまれるたびに蜜が太腿を伝い落ちる。

極太がラビアを押しひろげ、背後から強く抉るたびに息がつまりそうになり、首を捩らせるが、橙馬の手によってピンと鎖が張りつめ、息をつく自由すら奪われていると実感する。

「ほら、背筋捩らせたほうが、入ってるのわかるだろ？」

「ひぁっ……うん……わかる、お兄ちゃんの……太いのが入ってくるよぅっ……」

愛蜜はさらに粘度を増し、突き入れては粘膜を擦る橙馬の肉棒にまとわりつき泡立ちだした。

「ああ強いよっ……あっ……あああっ!!」

「でも鈴はそういうのが好きだろ？」

「うん、好き……好きぃっ……」

鈴は胸をぶるぶると揺らし、何度も膣内を肉竿で抉られる快感に目を細めた。

うっすらと涙ぐみ見つめる先では、橙馬たちが甘い声をもらしいまだまぐわっている。

夏香は指先で秘裂をなぞっては、指先を押し入れながらその様子を唇を噛んで見つめていた。入りこむ指先はぬらぬらと自身の蜜まみれになっていたが、その快感はどう見ても、あの二人よりは弱い。

「んは……なによ……私だって……私だって――」

――私も欲しい……硬くて太いのが……。

夏香は発散できないもどかしさに顔を歪めて落ちこんだが、ふと肩に軽く乗った存在を思いだし、首を向けた。

「……ルビ」

艶かしい視線で見つめられ、フライ返しがビクッと体を震わせた。

『……な、……ま、まさか……』

「ごめんねルビ。でも私、もう我慢できないの」

『や、やめてくださ――』

驚いた聖剣が声をあげる。だがその声は夏香の膣内に柄を埋めこまれたことによって無言となった。あまりのショックに声が出ないようだ。

「んっ……私は前世でお姫様だったのよ？　なのになんで前世がドラゴンの鈴ちゃんと橙馬が……あんなことしてるのよ……」

フライ返しのゴムで覆われた柄の部分をねじこませてはギリギリまで引き抜き、何度も何度も挿入していく。

目を閉じ、腰をくねらせながら膣内に橙馬の幻影を見ようとするが、所詮それは聖剣といえども、無機質で温かみもないただのゴム製の体だ。

橙馬の肉幹の代わりにも満たない貧弱な感触に、さらに空しさが募るだけだった。

「やっぱり……ダメ……こんなんじゃダメ……」

夏香は押し入れていたフライ返しの柄をヌルッと引きだすと、そのまま床に落とし、橙馬たちのほうへ、ふらふらと歩いていく。

『……あんまりです……姫君……』

背後から床に転がったルビの悲しそうな声が聞こえたが、夏香にはその言葉も耳に入らなかった。

「あんんんっ……お兄ちゃんの、子宮まで当たってるぅっ……あんっ……」

結合部から淫らに響く水音に、鈴が高ぶりの様子を見せていた。

「ああんっ……だめっ……これ以上したら……ああっ」

「オレも……ぐっ……すごい締めつけだっ……」

肉壁を擦るたびに股間の奥の鼓動が速くなり、橙馬は唇を嚙みしめた。

——このまま、イキそうだ……。

鈴の膣内もぎゅうぎゅうと肉棒を締めつけ、射精へとうながしている。

しかしその高ぶりは、突如背後からかけられた声によって一気に収束していった。

「橙馬……」

名前を呼ばれ、振りかえれば、そこにさっき家を出ていったと思っていた幼なじみの姿があったからだ。

「う、うわっ!?」

「へ？　夏香さん？」

橘兄妹が揃って驚きの声をあげ、腰の動きをピタリととめた。

「夏香お前……なんで……帰ったんじゃないのか？」

「ううん、ずっといたの……」

夏香は驚く橙馬へと、潤んだ視線を送った。

「私も緊急事態なの」

「はぁ？」

「いいから見て……」

たまらなさそうに顔を歪め、夏香が身につけていたワンピースのスカートを恥ずかしそうにたくしあげる。

視線を橙馬に向けるのが恥ずかしいのだろう、顔を横にそむけ、いつもながらの気丈な物言いではあるが、声は震えている。

「私のなかのお姫様が……その……鈴ちゃんと同じく疼くのよ……」

痩せた身体つきではある夏香だが、スカートからのぞく太腿はむっちりとした肉づきのよいものだった。だが注目すべきはその太腿の間だ。

すでに下着は取り払われ、恥丘が顔を出していた。淡い陰毛は朝露に濡れたようにしっとりとしており、鈴と同じく、すでに愛蜜がべったりと張りつき、濡れ光っている。

「私の身体もなんとかして……橙馬……」

夏香はもじもじとしながら橙馬の前へ来ると、鈴の横で、彼女と同じくソファに胸を押しつけ、ヒップを持ちあげてみせてくる。

「な、夏香……さん？」

隣にいた鈴が、夏香を見て信じられないというように目を丸くする。そしてすぐに夏香の意図がわかったらしく、声を荒らげた。

「だめっ!!　お兄ちゃんはあたしのだもんっ。いくら夏香さんでも、だめなんだから」

「そんなこと言わないで……お願いっ……」

涙ぐんだ少女二人が眉を吊りあげて睨み合う。

「だめったらだめっ……今からお兄ちゃんと二人でイクはずだったのに、ひどいようっ。そうだよね？　お兄ちゃん。お兄ちゃんはあたしと一緒にイクんだよね？」

「お願い橙馬……橙馬は前世で私の勇者様だったんでしょ？　これだけ我慢してるのに、私も少しくらいかまって！」

「どっちにするの？　あたしだよね？　お兄ちゃん……」

「鈴ちゃんばっかり、毎回毎回ずるいわよ……私って言って？　橙馬」

「そ、そんなこと言われたって……」

橙馬はオロオロと二つの並べられたヒップを交互に見て比べてしまう。

鈴の身体はまだ発達途中とはいえ、割れ目のなかまでもち肌と同じく、ぷりぷりとしている。

かといって幼なじみのヒップはキュッと締まった一番美しい成長過程のものだった。ツンと重力に逆らい、綺麗な丸みを帯びている。その間からのぞくのは、彼女の顔立ちと同じく整った秘部だ。

「う……うう……」

——どうすればいい……どっちを選べばいいんだ……。

頭を抱えて悩みこむ橙馬。だがその間にも「鈴ちゃんのケチ！」「夏香さんのお邪魔虫！」と、少女たちは互いに肩をぶつからせ合っている。

どんどんと激しくなっていく二人の衝突を見て、橙馬は決断を下した。

——だめだ！　オレには決められないっ!!

「ごめん！　両方がいい!!」

そう叫ぶと、橙馬は鈴のなかから腰を引き抜き、幼なじみの秘裂へと亀頭をねじこんだ。

「あっ……ああんっ!!　橙馬ぁっ!!」

ドスン！　と力任せにねじこまれてきた剛直なペニスに夏香が嬌声をあげる。

「これが欲しかったのっ……ああっ、やっぱり橙馬のがいいっ……大きいっ!!」

さっきまで空しく疼いていた膣空間が肉棒でいっぱいに満たされ、夏香の表情は蕩けていく。

だが納得できないのは妹のほうだ。

「いきなり抜いちゃうなんてひどいよお兄ちゃんっ!!　あたし、イキそうだったのにいっ!!」

幸せな圧迫感と衝動で甘い痺れが感じられていた膣内が、突然空っぽになってしまったことに、悲鳴に似た声をあげ、尻尾をイライラとした様子で振りまわす。

「ばか、ばかっ!!　お兄ちゃんの浮気ものぉっ!!」

子供のようにバタバタと手足をバタつかせて泣きじゃくってしまう。

「ひどいよぅっ……こんなの生殺しだよぅっ……」

「す、鈴……許してくれ」

橙馬は申しわけない思いで鈴を見下ろす。だが腰をつかんだ夏香の膣内は蕩ける熱で充満していて、離すことができなかった。

妹の窮屈な感触もいいが、整ったヴァギナが自分のペニスでいやらしく歪む様子も捨てがたい。

「でも一人ぼっちにはさせないからさ、な?」

橙馬は片手を伸ばすと、そのまま鈴の小さな割れ目のなかに指先を二本突き入れた。

「あふっ……」

こしょこしょと膣の浅い部分を引っかき、少しでも鈴に快感を与えるために動きまわる。

「んんっ……指……なんて……いやぁっ」

鈴は粘膜をぐちゃぐちゃと混ぜられ、肉棒の感触よりは微弱ながらも、そこから生まれる快感に声を上ずらせる。

「んっ……ふぁ……鈴ちゃんは……そっちで我慢しなさい。……元々、血縁同士でエッチすること自体がいけないことなんだから……んんっ」

極太の男根を息がつまるほどに押しこまれながら、夏香がふふんと口もとを緩めた。

「ああっ……やっぱり橙馬のオチン×ンはいいっ……奥が叩かれて、熱く……あふっ」

「いやぁっ……んんっ、あたしのオチン×ンだよぅっ……」

鈴もまた悔しそうに顔を歪めながらも、橙馬の指に突かれ、身体を震わせた。

二つの蕩けるような蜜壺を前にして橙馬は悔しい思いでいっぱいだった。

――こんなときこそ魔法が使えれば……。

自分の前世は勇者なのだ。魔法を使ってペニスを二本……いや自分を二人に分身させて同時に突きまわしたい気分だ。

だが実際はそううまくはいかなさそうだった。

以前の体育館でのようにわけのわからない魔法を詠唱しようものなら、二人の少女から「真面目に動いて！」とお叱りを受けかねない。

それに今は幼なじみの柔らかな膣壁にペニスを押しこめつづけたい。

橙馬はぎゅうぎゅうと締めつけてくる夏香の膣圧に、判断力が鈍りはじめているのを痛感していた。

指先がふるふると震える。このまま射精して、果ててしまいたいと体が訴えている。だがそれをしたら、この少女二人との極上な展開は終わってしまう。

雄の本能と欲望が橙馬のなかでせめぎ合う。

「んんんっ……橙馬っ……あんっ……橙馬、そこ気持ちよすぎっ……私のオマ×コ壊れちゃいそ……ひあぁぁっ」

幼なじみが綺麗な顔を淫らに歪ませ、普段は口にしないような卑猥な言葉までを吐く。

「お兄ちゃん……ダメぇ……指もいいけど、お兄ちゃんのオチン×ンとは全然違うよぅっ……お願いだから戻ってきてっ……」

対する妹のほうは、橙馬の指を膣口で吸いつきながらも、まだ肉棒の到来を待ち望んでいる。

「鈴。指……増やしてあげるから、もう少し待ってくれ……」

橙馬は妹をなだめるように呻きながら、鈴のなかに入った指を増やそうと、一度引き抜いた。

差しこんであった指の間にねっとりと蜜液の塊がついている。まるでローションを垂らしたような濡れ具合だ。

三本に増やした指を再度妹の尻タブの間へとねじこんでいく。だが中指が最初に入りこんだ途端、ぎゅうっと強い肉の輪の抵抗を受けた。

「なんか……さっきよりキツくなったぞ……そんなにいいか？」

「あっ……あっ……そ、そこは……」

鈴の身体が強く硬直し、声に張りつめたものが混じった。

「違うっ……ああっ、そこ違うよぅっ!!」

異物感を腸の入り口に感じた鈴が、太腿をぶるぶると震わせた。

「そっちお尻だよ……あっ……んんんっ!!」

小さなセピア色のすぼまりを押しひろげ、遠慮することなく入りこんでいく三本の指に鈴は息がつまりそうになる。

まるではじめて橙馬の肉棒を秘唇で受け入れたときのような圧迫感だ。それにこの感触はどこか排泄をするときと同じような不思議な脱力をもたらしてくる。

「いやっ……ひ、ひろがっちゃうっ……あたしのお尻っ……ああンッ!!」

燃え滾《たぎ》るような熱がひろげられていくたびに鈴の身体を覆っていく。

指先はすでに第一関節を突破し、第二関節までもが埋めこまれようとしている。

「んんっ……なんか、鈴ちゃんが変よ……あんっ……」

そこまできて、ようやく鈴の反応と言葉がおかしいことに気がついた夏香が腰を揺らしながら橙馬に伝える。

橙馬は、ハッと目を丸くした。揺れる尻尾の間から妹の小さな菊穴にねじこむ自分の指に驚いてしまった。

「わ、悪い鈴っ!!　気がつかなかった」

「うう……ひ、ひどいよぅ……ん……ふぅぅっ……」

涙目で見上げられ、あわてて手を引き抜こうとするが、だが鈴の顔は紅潮している。

——なんか、こっちのほうが前より感じてるみたいだ……。

どうせなら、このままつづけてしまおう。橙馬はそのまま指を押しこんでいった。

「ああんっ!!　ひどいっ、ひどいよっ……お尻ぃっ。あたしのお尻、変になっちゃうっ……」

鈴は割りひろげられる熱と、腰の後方に感じる不思議な熱に、強い違和感を口にしながらも、腰をくねらせはじめる。

すると鈴の隣にいた夏香がせっつくように橙馬を見上げた。

「橙馬……んんっ……鈴ちゃんばっかりかまってずるい……」

「あ、わ、悪い……」

腰は動かしつづけていたつもりだったのだが、おろそかになっていたようだ。

橙馬はまるで自分の子供にエサを運ぶ親鳥になったような気分で、二人の少女を抉っていく。

「あんっ、橙馬のオチン×ン、やっと奥まできたぁっ……やっぱりたまらないっ……」

「お、おなかが熱くて……ああっ……これ以上はダメだよお兄ちゃんっ……んぐっ」

夏香と鈴はソファに胸を押しつけながら、快感に手足をバタつかせ、自然と手を取り合っていた。固く拳を結び合い、揃って嬌声をあげていく。

そんななか、橙馬が強く抉るように腰を押し入れた瞬間、夏香がひときわ高い声をあげた。

「ああっ!!　そこ……いいのぉっ……振動がすごく感じちゃうっ……あっ、あっ……」

ビクビクと肢体を波立たせ、白い肌がサッと紅潮する。

「いくっ……そこイッちゃうっ……」

橙馬もまた、ぐんぐんと募る射精感に歯を食いしばった。奥歯がギリッと軋んだ音をたてる。

二種類の締めつけに、すでに自分の性器ははちきれそうだった。強く叩きつけつづけた亀頭は破れそうなくらいにジンジンとする。

橙馬は夏香への腰つきをさらに加速させていった。

「い、いくぞ……夏香……っ」

「き、きてぇっ……いっぱい……いっぱい私のなかに出してっ……ああんっ」

幼なじみが高ぶりの頂点を目指し、腰を上ずらせる。だが、最後の抉りこみをしようとした橙馬のなかで迷いが浮かんだ。

右手を差し入れた妹の小さなすぼまりが目に入ってしまう。

それは迷いというよりは欲望だったのかもしれない。

ペニスをギリギリまで夏香のなかで引き抜き、叩きつける瞬間に心が揺らいでしまったのだ。

橙馬自身が予想していたよりも浅い叩きつけに、射精準備をしていた腰の奥がわびしそうに軽くざわめいて治まってしまう。

だが腰をつかんだ先の夏香にとってはその衝動だけでも充分にアクメに達するものだった。

「あふっ……あああああっ!!」

強く身体を痙攣させ、ピシャッと潮がソファに向かって放たれる。

快感に身をゆだね、熱い吐息を吐く夏香だが、すぐに橙馬が達していないことに気づいたらしく、悲しげな声をもらした。

「はぁ、はぁ……橙馬……なんで?」

「ごめん夏香。オレやっぱり鈴のなかでイクよ……」

確かに幼なじみは魅力的だと思う。でも今の橙馬にとっては、妹の未知なる第二の穴のなかへの射精欲と、そして妹自身への愛情のほうが勝っていた。

橙馬は夏香から腰をあげると、鈴のなかから指を引き抜き、くすんだ皺の集点に亀頭をあてがう。

「あんっ……お兄ちゃんっ。だ、だからそっちじゃ……んんんっ」

指を引き抜かれたと思えばそれよりも極太の肉幹が突き刺さってくる。鈴は苦しそうに顔を歪めながらも、ゆっくりと亀頭を呑みこんでいった。

「くっ……やっぱ、後ろはすごいな……」

強固なゴムに巻かれたようなきつさが腸内へ入りこんだペニスに襲いかかってくる。妹のほうを見下ろせば唇を噛みしめ、ソファに必死にしがみついて拡張の衝動に耐えているようだった。

「うう……あんんっ……なんか変な感じっ……熱いっ……熱いよぅっ」

やがて亀頭の一番大きなカサ部分が入りこみ、橙馬が浅いピストンをはじめると、鈴の苦痛の声に甘いものが入りはじめた。

「あんっ……ぐっ……あふっ……ダメっ……それ以上したら……あ……」

アナルを犯される感触に、鈴が隣で喘ぐ夏香の手をぎゅっと握りしめる。だが夏香はというと、すでに事切れたようにソファの上で余韻に浸り、汗ばんでいた鈴の手からするりと抜け落ちてしまう。

「夏香……さっ……ああっ……」

逃げ場を失ったように鈴が両手でソファの背もたれをつかんだ。

「だめっ……へんだよあたし、お尻で……あふっ……い、イッちゃうっ……!!」

「オレも出すぞ鈴」

橙馬は鈴の翼をわしづかみ、強く腰を押しこんだ。

膣内とは違い、行き止まりのない細い肉道を腫れた亀頭がズルっと進んでいき、腰骨が強く鈴の尻タブへとぶち当たった。

「あふ……ぁあっ……ああああっンッ!!」

直後、鈴が強いのけ反りを見せ、それと同時に橙馬は久々のレベルアップ音を耳にした気がした。

パンパンに腫れあがっていた睾丸が裏返りそうなほどの跳ねかえりが起きる。

欲望の塊がドクン！と大きく鳴り、熱く滾るマグマのような精液が、鈴の体内へと注がれていく。

「あっ……はぁっ……お兄ちゃん……」

腸内のなかでほとばしった白濁液を味わうかのように鈴は目を細め、ソファに落ちこんでいった。

その後、二人が同時に力なくソファへと倒れこんでいる間、橙馬は萎えはじめたペニスを鈴から引き抜いた。

するとふと廊下のほうから視線を感じた。振りかえってみれば、そこに柄の部分を粘り気のある蜜で濡れさせながら、悲しそうにリビングを覗きこむ聖剣の姿がある。

『マスター……』

「なにも言うな。大体のことは予想できる」

橙馬は哀れみの視線をルビスティアへと送り呟くと、余韻に包まれて崩れ落ちたままの妹を見下ろした。

——角に尻尾に翼か……。

まだ夏ははじまったばかりなのに、鈴はどんどんと変わっていってしまうことが、悲しくて仕方がなかった。

最後のクエスト☆☆妹の胸に突き刺さる聖剣

八月に入り、夏休みもあと数日で終わりと迫ったある日の午後、橙馬はいつになく不安な気持ちでいた。

自宅のリビング内をなにをするでもなくうろうろと歩きまわり、時折ポケットから携帯電話を取りだしてはリダイヤルボタンを押して耳に押し当てる。息を殺して受話器の向こうの反応に期待をするが、すぐに電話局の無機質な自動アナウンスの声。

「くそっ、まただ！」

もう何十回も聞いたその声を耳にし、橙馬は乱暴にソファへ携帯を放りなげた。

その様子を側で見ていたフライ返しが呆れたような声をもらした。

『マスター落ち着いてください。ちょっと過保護すぎますぞ？』

「そんなこと言われたってしょうがないだろ!?　もう一時間も鈴から連絡がないいん

だ」

橙馬は苛立ちを隠せず部屋の時計を見た。

異変を感じたのは、午後零時を知らせるチャイムが鳴ってからのことだった。

夏休み中も鈴はチアリーダー部の部活動に参加し、いつもなら部活が終わってすぐに帰宅するのだが、今日は十二時になっても帰ってこなかったのだ。

遅くなるときは携帯で連絡をしてくるのだが、それすらもなく、心配した橙馬がこちらから電話をしても鈴の携帯は繋がらない。

「なにかあったらどうするんだよ」

少し前までならば、なにかしら連絡が取れない理由があるのだろうと気にすることもなかったが、今は違う。

「いつどこで鈴がドラゴンになっちゃうかわからないんだぞ？」

妹のドラゴン化の恐怖。このまま二度と鈴は戻ってこないのではないかという不安が、まとわりついて離れないのだ。

「なあルビ……前にお前言ってただろ？　鈴がドラゴンになるまで『もうわずか』って。それで、今のお前はもう完全に力を取り戻したのか？　どうなんだ？」

『今はまだ……時は満ちていません』

橙馬の質問にルビはただ静かに答える。すると橘家の玄関ドアが開き、元気のよい声と足音がきこえてきた。

「ただいま～」

橙馬が振りかえれば、鈴がリビングに入ってきた。チアリーダーの衣装のまま、尻尾と帽子、そして先日生えてしまった翼の根元には小さなリュックを背負って、翼付きバッグのようにカモフラージュしている。

「おなかすいたぁ～。今日のお昼ご飯はなーに？」

リュックを取ってソファの上にポンと置くと、橙馬にいつもながらの屈託のない笑顔を浮かべてくるが、そんな妹の楽天的な態度に橙馬の怒りは爆発してしまった。

「お前、今何時だと思ってるんだ！　なんで遅れるなら電話してこないんだよ！」

突然の兄の怒りに、鈴は驚きながらも申しわけなさそうにうつむいた。

「ご、ごめん……部活の後のミーティングが長引いちゃって、で、連絡しようとしたんだけど、携帯の電源切れちゃってて……」

「それなら友達から携帯借りるか、公衆電話でも使ってかけてくればいいだろ？」

「で、でもお兄ちゃんの携帯番号、覚えてなくて……」

「オレの番号じゃなくたって、自宅の番号くらいは覚えてるだろ？」

「……そうだよね。……ごめんなさい」

責め立てる橙馬に妹の目に涙が浮かぶ。

「いったいどれだけ心配したと思ってるんだよ」

鈴の姿がいつもと変わらない姿だったことに安堵しながらも、連絡をしてこなかった妹に苛立ちを隠せなかった橙馬は、リビングから出て自室へと向かっていく。

廊下を出て階段を上ったところで「お、お兄ちゃんっ!!」鈴が声をかけてきた。

「あのね、……アイス……買ってきたんだけど……食べない？」

それはとても申しわけなさそうな反省のこもった声だったが、橙馬は振りかえらなかった。

「いらない、勝手に一人で食えよ」

部屋に入りドアを閉めると、橙馬はベッドに乱暴に腰かけ、頭をかきむしった。

「たっく、もうっ……」

自分が過保護だというのは、言われなくてもわかってる。だからと言って、このまま鈴がドラゴンになってしまうのは耐えられない。でもどうすることもできない無力感に、頭がパンクしそうだった。

「どうすりゃいいんだよ……これから」

橙馬は頭を抱えて塞ぎこんだ。だが深く悩めば悩むほど、自分よりも妹のほうが悩んでいるのに……と自己嫌悪に陥ってしまう。

状況は絶望的なことに変わりはないが、一番つらいであろう妹に当たり散らすなんて、なんとひどいことをしてしまったのだろうと思う。

それに鈴のなかのドラゴンが覚醒してしまうまで時間はまだあるのだ。ここでこうやって悶々としていてもどうにもなるわけがない。

「とにかく、まずは鈴に謝らなきゃな……」

橙馬は気まずい思いを抱えながらも、ベッドから立ちあがると、リビングへと戻ろうと部屋のドアを開ける。だが廊下に出て階段をおりはじめたとき――

『妹君、大丈夫ですか!!』

階下からなにかがガシャンと床に落ちる音とルビスティアの声が聞こえた。

橙馬はいやな予感がし、あわてて階段をおりてリビングへと走りこんだ。

しかしリビングに入りキッチンのほうを見れば、倒れたのだと思っていた鈴はその場で立ちつくしていた。エプロンをつけたまま、こちらへ背を向けている。

彼女の足もとには、さっきまで手にしていたのか食材と調理用ボウルが転がっていた。

「ルビ、なにがあったんだ？」

不安になって鈴の側にいたルビに声をかける。

『マスター!!　妹君がっ!!』

聖剣があわてた声をあげる。だがその途端、ぼんやりと立ちつくしていた鈴の手が、ガシッと橙馬の腕をつかんだ。

「うわっ!!」

キリキリと骨が軋むようなほどの強さで、それが妹のものではないことは明らかだ。

「まさかお前っ……ドラゴンか!!」

腕を振り払い、後方に後ずさった橙馬に、鈴が振りかえる。深いしゃがれた、到底妹とは思えない声を出して。

「そうだ。勇者トーマよ、また会ったな」

あのときと同じだった。前世治療キットで催眠状態に入ったときと同じく、鈴の瞳には光がない。鈴の身体を乗っ取ったドラゴンはニヤリと、妹の顔を使い、ゾッとするような笑みを浮かべる。

「っ……!!」

橙馬は思わずすくみあがりそうになった。以前ドラゴンが表に出てきた鈴よりも、その存在感が大きく感じ、体に伝わってくるのだ。背筋が凍るようないやな汗がドッと背中に浮かんでしまう。

「勇者よ。今日は警告をしに出てきてやったのだ。そう構えるな」

「警告だって?」

「あとわずかで機は熟す。……聖剣よ、お前だってわかっていたのだろう?」

ドラゴンは鈴の身体についた尻尾をうねらせ、床に立っていた聖剣へと視線を向ける。

「どういうことだ？　ルビ……」

橙馬が尋ねると、聖剣は申しわけなさそうな声をもらした。

『申しわけありませんマスター……こやつの言う通りです。実は時間はもうわずかしか……』

「わずかって……あとどれくらいなんだ？」

『…………』

聖剣が口ごもると、ドラゴンが「では私が教えてやろう」と鈴の身体を一歩歩ませた。

「お前もこの娘も、もう二度と朝日は目にすることはできないだろう」

ドラゴンはニヤッと鈴の口の端をあげると、その華奢な身体の腕を掲げて見せた。なんの変哲もなかった妹の腕の上に鱗がびっしりと浮かび、そして消える。

「今夜にはこの小娘の身体はすべて私のものになるのだ」

「そんな……罪のないオレの妹を苦しめて、いったいなにが望みなんだっ!!」

「私の望みは、ただ一つ。世界の破滅だけ」

ドラゴンは恍惚とした笑みを浮かべると、橙馬に鋭い視線を投げかける

「言ったはずだ。この恨みを晴らしてやると、お前の愛する者もろともすべてを奪い去ってやるとな。まあどうやらお前には前世の記憶はないようだがな……」

「……そ、そんなお前の思い通りになんてさせるもんかっ!!」

橙馬は噛みつくようにドラゴンを睨みあげる。だが自分の吐いたセリフに、そこまで自信は持てなかった。現にこうして自分は悩みつづけるばかりで、ドラゴンを覚醒させようとしてしまっているのだ。

おそらくドラゴンは、今まで鈴のなかにいながら、その様子をうかがっていたのだろう。自信に満ちあふれた笑い声を浮かべる。

「あーっははははっ!!　しかしお前は絶対に私をとめることなどできない。実の愛する妹を手にかけることができるのか？　それしか私を倒す方法はないのだぞ？」

「くっ……」

橙馬は悔しげに顔を歪ませる。図星だった。

自分にとって一番大事なのは、鈴が変わらぬ笑顔で、側にいてくれることだけだ。それ以外はなにも望んでない。だがそんなたった一つの願いさえ叶う方法が見つからない。

「まあせいぜい残ったあとわずかな時間をあがくがよい……。お前がどうあがいてもこの先にあるのは絶望だけなのだからな！　あーははははは!!」

ドラゴンの憑依《ひょうい》した鈴が、のけ反りを見せて笑う。その直後、鈴が目を瞑り、突然糸を切られてしまった操り人形のように、その場に崩れ落ちた。

「っ!?　鈴っ!!」

橙馬があわてて駆け寄り、彼女の身体を抱きあげると、長い睫毛が揺れてゆっくりと少女の目が開く。

「……ん……あれ？　お兄ちゃん？」

いつものような鈴を転がすような可愛らしい声だ。

「あれれ？　あたし……なにしてたんだっけ……」

自分が倒れたことに首をかしげた鈴は、すぐにハッと不安そうな顔になった。

「もしかして……また私この前みたいにドラゴンに？」

「ち、違うっ!!」

だが橙馬は首を横に振って、強く否定した。

「普通に意識失って倒れただけだよ。なっ？　ルビ」

『……え、ええ。夏バテか貧血ですかね。部活を頑張りすぎたのではないですか？』

橙馬に強く視線を向けられ、ルビスティアも戸惑いつつうなずく。

「そ、そっか……ごめんねお兄ちゃん」

「とりあえずそこで、ちょっと休めよ。疲れてるだろ？」

「それはそうだけど。でも……」

鈴は戸惑いながら、橙馬を見上げる。さっき橙馬に怒鳴られたことも思いだしたのだろう、少し怯えたような視線だ。橙馬はこんな小さな妹を不安にさせてしまったことを強く反省しながら、彼女の頭を撫でた。

「もう怒ってないからさ、大丈夫だから」

「ほ、本当？　本当に怒ってない？」

「ああ。本当だ。オレも言いすぎた、ごめんな」

「うう……よかったよぅ。お兄ちゃんに本当に嫌われちゃったかと思ったよ」

ようやく緊張が抜けたように鈴の表情が緩む。だがなぜか「お兄ちゃん」甘えるような声で見上げてきた。

「でもその前に……もっと疲れたほうがぐっすり眠れるよ？」

小首をかしげ、柔らかく恥ずかしそうな笑みを浮かべ、橙馬のほうへと顔を近づけてくる。睫毛を揺らし、少しだけ唇をすぼめて。

「え……えと……」

橙馬は顔を赤くしながら、側に立っていた聖剣のほうを見た。

聖剣は小声で『なにかありましたら呼びます』とだけ言って、ピョンピョンと跳ねながらリビングから出ていってしまう。

彼の気遣いに感謝しながら、橙馬は改まって鈴のほうを見下ろした。

鈴の瞼はふるふると震えていた。

「ねえお兄ちゃん……キスしてほしいの……、あたしがあたしだってわかるように」

「なんだよ、それ……」

まるでこれから自分がいなくなってしまうことがわかっているような口ぶりに、橙馬の心は重くなる。鈴がいなくなってしまうとは信じられないし、信じたくなかった。

「ね、お兄ちゃん」

小首をかしげ、さらに鈴の唇が近づいてくる。

橙馬はこみあげるものを感じながら、妹にキスを落とした。

「んっ……鈴っ……鈴……」

柔らかな唇にむしゃぶりつき、橙馬は何度も妹の名を呟く。頭を撫で、その艶やかな感触を味わいながら、妹の身体に腕をまわす。

「ちゅっ……んん……激しいよ、お兄ちゃん……」

唇が離れ、鈴が橙馬の積極的な行動に恥ずかしそうに身体をくねらせる。

「でも、嬉しい……」

甘えるように鈴は橙馬の胸に顔を押しつけていく。

橙馬は妹の肩を抱くと、ソファへと乗りあがり、彼女の胸に手をおろしていった。

二つの胸のふくらみへと手をおろせば、トクトクと鼓動が、彼女の身につけているチアリーダー服越しに聞こえてくる。

「鈴の胸の音、響いてるな」

「だってお兄ちゃんが側にいてくれるから、ドキドキするんだもん……んっ」

眉を垂れさせ、鈴が恥ずかしそうに目を細める。

どことなく今日はいつもより元気がないように見えるのは、ドラゴンに身体を蝕まれているせいなのだろうか。橙馬は悲しい気持ちを拭いきれないまま、妹のユニフォームの胸もとをスポーツブラごとせりあげた。

桜色の飾りがついたそこは、すでにうっすらと汗ばんでいる。

小さく突起した乳首に向かい、唇を落として舐めしゃぶれば、鈴は「んんっ……」身じろぎしながら甘い吐息をもらす。

「あふっ……お兄ちゃんのお口、暖かいっ……あ……んっ」

じゅるじゅると唾液を啜りあげれば、豆粒のような乳首が橙馬の口内でむくむくと立ちあがる。橙馬は柔らかくしこった乳頭を柔らかな乳輪の間へとへこませたり、唇を固く結びながら引っ張りあげては震えるのを楽しんでいく。

「んんっ……あ、遊んじゃだめぇっ……」

鈴はそんな兄の頭をかき抱きながら、両足で橙馬の腰をつかんだ。

「お、お兄ちゃ……あっ……ふぁ……」

白くもちもちとしたヒップを燻らし、橙馬の腰に自然と自分の下腹部を押しつけ、ユニフォームのプリーツスカートがめくれあがるのもおかまいなしに、黒いサポーターのついた太腿を揺らしていく。

橙馬の山形になりはじめた股間に、恥丘をすりすりと押しつけた鈴が笑う。

「えへ……お兄ちゃんのも大きくなってきたね」

子供のように無邪気な笑顔を見ていると、橙馬は鼻の奥がツンとこみあげてしまう。

――鈴がいなくなるなんて、やっぱり信じられない……。

この笑顔があと少しで見られなくなるなんて耐えられない。

「……す、鈴のアホっ……」

涙腺が緩みそうになってしまう。橙馬はとっさに鈴の胸もとに顔を埋めた。乳房を吸いたてながら、指先を鈴のスカートのなかへとおろしていく。

「お、お兄ちゃん?」

きょとんとする鈴のサポーターを彼女の尻尾と足から引きおろすと、下着のクロッチ部分をつかんで横に避け、尻タブに両手をかけた。

ヒップを左右に割り開けば、むわりと甘い雌の匂いが強く漂ってくる。甘ったるいその蜜液が溢れる部分はすでに濡れ、指先を当てた橙馬の手に蜜ごと吸いついてくる。

「……オレ、お前の濡れてないここ、見たことないな」

橙馬はクスッと笑い、双葉の間を指でくすぐった。

「う、うう……しょうがないでしょー？　お兄ちゃんに触られると……んっ……すぐ気持ちよくなっちゃうんだもんっ……」

「そっか。そんなに鈴はオレとしたいのか」

「あ、当たり前だよぅっ……」

「わかった、待ってろよ」

そう言うと橙馬は身につけていたズボンをはずした。トランクスのなかに手を入れ、そして自らの分身を取りだしていく。

握りしめたそれは、すでに血管を浮きあがらせ、脈打ちながら天をあおいでいる。

その様子を振りかえりながら見た鈴が甘ったるい視線を送ってくる。

「ほら、お兄ちゃんだって……したそうじゃない」

「う、うるさいなぁ……」

橙馬は図星なことを指摘され、恥ずかしそうに視線をそむけると「じゃあお望みどおり、いくぞ？　鈴」ごくりと息を呑み、鈴のヒップを見下ろした。

白く形のいい彼女の尻肉は、いつ見ても艶かしい。

「う、うん……」

ソファに転がったクッションをぎゅっと抱きながら、鈴がうなずく。

橙馬は鈴の尻尾を避けると、彼女の秘裂にぺたりと亀頭を這わせた。

「あんっ……」

膣口に張りついた熱い塊に鈴が声をもらして震える。

ソファに腕と胸を押しつけながら、今か今かと橙馬の進入を待ち望んでいるのだろう。腰をつかめば、その身体は火照っており、橙馬の手のひらに汗を浮かべるほどだ。

橙馬は鈴の割れ目に沿って亀頭を上下に擦って愛蜜を擦りつけると、強く腰を突き入れた。じゅぶぶっと、卑猥な水音が鳴りながら、肉棒がのめりこみはじめ、鈴の花弁が押しひろげられていく。

「んはぁっ……あ、あぁっ!!」

膣内に進入した熱い棒の感触に鈴が悦のこもった悲鳴をあげた。綻んだ花弁がさらに肉棒の進入によってめくりあがり、蜜に濡れたピンク色の内膜をさらけだす。

胎内からどんどんと生まれてくる愛蜜に、橙馬のペニスはさらに動きを速めていく。

上気した鈴の背中に口づけをし、息がつまるほどに腰を振りたてる。

「んっ……あっ……あぅっ」

鈴はぎゅっとクッションを握りしめながら快楽に溺れ、腰をうねりつづけた。膣壁を硬い肉の棒が行き来するたびに、痺れと熱が生まれ、鈴の頭は熱くなって、思考がぼやけそうになる。今自分の背後で腰を突き入れる兄のことだけが頭に浮かぶ。

「お兄ちゃん……あ、はぁ……好きっ……んんっ、好きだよぅっ……」

「オレも、好きだ鈴……くっ……離したくなんかないっ……」

唇を強く嚙みしめ、橙馬も呻いた。

恥肉のなかを蜜に濡れた肉棒を出入りさせ、柔らかな膣壁を抉っていく。

感度がどんどんと高まり、頭が熱くなる。叩きつける太腿同士が汗を浮かべ、鈴のもち肌はぺたぺたと橙馬の体に張りついては弾むようにして離れていく。

「あはぁっ……いっぱいいっぱいお兄ちゃんを感じるよぅっ……熱くて、あたしのなかどんどんぐちゃぐちゃになってくぅっ……ああンッ!!」

橙馬の熱い肉茎にヒダをめくりあげられるたびに、鈴のなかの未熟な女の部分が疼き、快感が電流となって歓喜の声としてあふれてしまう。

肉杭で身体を何度も叩きつけられ、ソファに身体が押しこまれてしまいそうなほどだ。

「あんっ……ああっ……つぶされちゃいそうだよぅっ……あっ……あっ」

子宮口をこじ開けるかのような男根の衝撃に身体が打ち震え、鈴は涙を浮かべた。

「お兄ちゃんっ……あっ……も、……だめぇっ。イクっ……や、はぁっ……」

長い髪の毛を振り乱しながら鈴がぶんぶんと頭を振った。

「オレも行くぞ、鈴……一緒にっ……くっ……」

鈴の腰をつかんだ橙馬が、片手で鈴の尻尾の根元をつかみあげた。

「あひっ!?　しっぽっ……尻尾だめぇっ……ああっ!!」

ヒップを持ちあげられた鈴は当たりどころが変わったことにより、よりいっそう甲高い声をあげていく。

何度も強くねじこまれ、叩きこまれる兄の剛直に呼吸がどんどん乱れていく。

「ああっ……いっちゃうっ……あひっ……もうだめぇっ……!!」

嬌声を響かせ、鈴が強く肢体を捩らせる。

橙馬のぐっと噛みしめた唇にさらに力が入った。ふぐりの奥がカっと熱を持ったかと思うと、甘く強い痺れが背筋を駆けあがっていった。

「くっ……あ……」

意識がちらつきそうなほどの快感の放出だ。指でつまめそうなほどの濃度の濃い大量の精液が飛びだし、鈴の膣内を白く染めあげていく。

「あっ……や、熱いっ……あ、あ……あああんっ!!」

叩きつけられた亀頭の硬い感触と、放たれた濃厚な精の熱に鈴はビクン！と強くのけ反った。

「あふっ……あ、あ……」

膣内いっぱいに進入してくる精液をすべて受けとめながら、身体の奥を貫くような熱い波動に目を細め、そのまま脱力したようにソファの上へと横たわった。

橙馬もまた射精して萎えはじめたペニスを抜き、鈴の横へと寝そべる。

受けきれなかった精液がどろりと鈴の足の間へと垂れ落ちて濡れたが、今はこの余韻を楽しみたかった。

「んんっ……今日もすごいいっぱい出たよぅ……」

肩を揺らしながら下半身を見下ろした鈴は、うっとり目を細めて橙馬を見上げた。

「お兄ちゃん……あたし、お兄ちゃんとこうしてるときが一番幸せ」

華奢な腕を伸ばして胸に抱きついてくる。

「オレもだよ……これで寝れそうか？」

「うん……ぐっすり寝れそう。でも眠るまで側にいてね？」

「おう、わかってる。ちゃんと側にいるさ」

橙馬は鈴の頭を撫でて微笑んだのだった。


「もう……こんな時間か……」

静かなリビングのなか、橙馬は部屋の時計を確認すると、深くため息をついた。

室内はすでに暗く、窓からのぞく外では夕闇も去り、静かな夜が訪れはじめていた。

座っているソファの横を見れば、鈴がすやすやと気持ちよさそうに寝息を立てている。

あれから数時間。鈴は一度も目を覚ますことなく眠りつづけていた。

「本当に今夜で終わりなのか……？」

昼間のドラゴンの言う通り、鈴はいなくなってしまうのだろうか。まだ橙馬には信じられなかった。

――どうすればいい。

こうしてる間にも時間は刻々と過ぎていくのだ。タイムリミットはいったいいつなんだろう。薄暗い部屋と、静けさが橙馬の気持ちをさらにかき乱していきそうだった。

そのとき、家の外で、こちらに近づいてくる車の音が聞こえた。

リビングの窓の外を見れば、自宅前にとまった車から紙袋をぶらさげて幼なじみが出てくるのが見えた。車を運転する彼女の両親は、夏香が降りるとすぐに彼女の自宅に向けて発進していく。

――ああそっか、今日帰ってくるって言ってたっけか。

お盆の間、夏香は両親と田舎に帰省していた。両手に持った紙袋から、おそらく土産《みやげ》を届けに来てくれたのだろう。

橙馬は玄関まで行くと、鈴を起こさないようにと、素早くドアを開けた。

「夏香」

今まさにチャイムを鳴らそうとしていた幼なじみは人差し指をチャイムに当てようとしたまま驚いたように声をあげる。

「きゃっ!?　びっくりした」

だがすぐに深刻そうな橙馬の顔を見て、真面目な表情になる。

「……鈴ちゃん。なにかあったの？」

「ああ。今夜で限界みたいだ……」

「そんな……早すぎるわ」

夏香は口もとを手で押さえると、目にじわっと涙を浮かべていく。その姿を見て、いよいよ橙馬のなかで不安が大きくなる。

頭のなかはなにかいい方法はないのかと、必死に叫んでいた。

――くそっ、なにか方法でもあれば……。

どこか遠くに鈴を連れて逃げてしまいたい気持ちでいっぱいだった。だがどこに逃げたとしても、ドラゴンは鈴のなかにいるのだ。

「橙馬は……どうするつもりなの？」

「……わからないんだ。まだ自分がどうすればいいか……」

橙馬はうつむいてしまう。すると廊下の向こうから聖剣の緊張した声が響いた。

『マスター。急いで来てください！』

「そんな……」

隣にいた夏香の声に涙が混じる。橙馬はその死刑宣告にも似た言葉を聞き、ハッとなって空を見上げた。夜空に静かに浮かんだ月があった。普段はなんとも思わないその光景が、今はとても気味が悪く見える。

「……鈴っ!!」

橙馬は跳ねかえるようにして、家のなかへと走っていった。

――鈴がいなくなるなんて、そんなの嘘だっ!!

いよいよ、妹がいなくなってしまうことに実感が湧いてくる。あまりの恐ろしさに体が芯から震えあがりそうなほどだ。

リビングへ入ると、鈴はソファの上に立ちあがっていた。さっきと同じ、うつろな目をしながら。

鈴の姿に、ドラゴンの影が重なって見えた。

まるで切れかかった電灯や、接触の悪いテレビ画面のように、橙馬たちの目の前で鈴の身体とドラゴンが交互に現れる。

「時は満ちた……いよいよ最後だ勇者トーマよ」

しゃがれた声が鈴の口からもれる。

「娘の意識はもう、奥底へと沈みはじめている」

そんなちらつくような姿のまま、凜とした妹の声ももれた。

「お兄ちゃん……ごめんね。あたし、もうダメみたい……」

わずかに残る意識を振り絞るように、鈴が声をもらす。

「あたしのなか、どんどん真っ暗になっていくの……たぶんなにも見えなくなったら、あたしはみんなにひどいことをしちゃうんだと思う」

その声は、すでに諦めが含まれたものだった。

橙馬の涙でかすんだ瞳に、鈴の悲しそうな笑みが映る。

「だから、お願いお兄ちゃん。ルビちゃんであたしを倒して。あたしが夢のなかで見たようにルビちゃんで倒してくれれば、まだこの世界は救えるよ?」

「……何度も言うけど、それはできないよ鈴。オレにはできない」

橙馬は鈴の前に走り寄ると、鈴の前で崩れ落ちた。

縋るように鈴を見上げ、唇を噛みしめる。

「お願いだ鈴。いかないでくれ……消えないでくれ」

祈り縋る選択しか、もう橙馬のなかには残っていなかった。

『ご決断をマスター』

だが、隣にいたルビスティアが、せかすように淡い光を放ちはじめる。

短く薄かったフライ返しの姿が、宙に浮かび回転しながら形を変わっていった。

穴の開いたターナー部分が細長く伸びて尖り、淀みのない輝きを浮かべた刃へと姿を変え、フライ返しの握りの部分は剣の太い柄に変わり、そのまま橙馬の右手のなかへと収まっていった。

その姿は神々しい聖剣そのものだ。

「でもルビ……オレはできないよ……」

橙馬は姿を変えた聖剣を手放そうと手を開く。だが聖剣はそのまま橙馬の手について浮かんだままだ。

『今ここで貴方が決断をしなければ、この世界はドラゴンに滅ぼされてしまいます。どうか勇気を持ってください』

「できない。オレには無理だ!!」

『勇者らしくないですぞ!!』

「だってオレは勇者なんかじゃないっ!!」

拳を握りしめ、肩を震わせながら橙馬は叫んだ。

「オレはただのどこにでもいる高校生だ。ゲームが好きで妹に意地悪で、都合の悪いことからは逃げようとだってする!!　今までこうして決断してこなかったみたいにな」

『世界を……見捨て、裏切るというのですねマスター』

「もう裏切ってたさ！　鈴とキスをしたときから……」

吐き捨てるような橙馬の声が、震えた。

「いや、もっと前から裏切ってた……」

可愛らしくてたまらなかった。

笑顔も泣き顔もすべてが愛しかった。だからこそ、苛めてしまいたくなって小突いたりもし、わざと寝たふりをして、妹のはじめてのキスを黙って受けた。

そのすべての感情を、もう味わえなくなるのだ。

「ごめんな、鈴……お前をドラゴンの姿にしちゃって……」

右手の聖剣はぴったりと橙馬の手に張りついて離れない。でもその剣を妹に向けることなんてできない。

「これからお前がドラゴンの姿でどんなことをするかわからない。でもドラゴンを倒しても、鈴がいない世界なら、オレには必要ない」

「橙馬……」

夏香が悲しそうに呟き、橙馬は夏香へと首だけを向けた。

「ごめん夏香。世界を見捨てるオレを憎んでくれてかまわない。でもどんなことがあってもオレは最後まで鈴を守りたいんだ……」

夏香はなにも答えずうつむいた。彼女自身も鈴に剣を突き刺すことなどは考えられず、だからといって世界を破滅に向かわせることに対しても賛同はできないのだろう。

「私にはなにも言えないわ……でも、橙馬の思うようにすればいいと思う……」

「ありがとう。ごめんな……夏香」

橙馬は夏香に呟き、鈴の身体を強く抱きしめた。

「ごめんな、鈴。不甲斐ない兄貴でごめん……ごめん……」

「お兄ちゃん……謝らないで？」

腕のなか、鈴の涙声がもれる。

「大好きだよ、今までも、これからも」

鈴は橙馬の手をぎゅっと強く握り、そして体ごと離した。だがそこで橙馬が持っていた聖剣が鈴の手へ握られていたことに気がついた。

「お、おい鈴っ!!」

あわてて声をあげ、妹に向かって橙馬は手を伸ばす。

「ごめんねお兄ちゃん」

だが鈴は橙馬の手をするりとすり抜け、後方へ後ずさると、聖剣を高々と掲げ、自らに切っ先を向ける。

「お願いルビちゃん、刺さって、あたしの胸に……刺さって!!」

『妹君……』

聖剣が淡い光を放ちながら声をもらす。彼にとってドラゴンを貫くことは一種の目標でもあったはずだったが戸惑いを隠せないようだった。

「ダメだ、刺すな!! ルビ!! やめてくれ鈴!!」

橙馬が再び鈴へと近づこうとするが、それを鈴は強く拒んだ。

「きちゃダメ!! もう決めたんだから」

そして首を天井に向けてのけ反らし、ぐぐっと剣を引き寄せる。銀色に輝く聖剣が鈴の胸へと沈みこみはじめた。

「なにをする……小娘っ!! やめろっ!!」

鈴のなかのドラゴンが、声を荒らげるが、すぐにその表情は穏やかな妹へと戻っていく。

「やめないよ。あたし、お兄ちゃんを困らせる人生ならいらないもん」

「鈴、離せ、離すんだ!! こんなことやめてくれ!!」

橙馬は鈴の腕をつかみ、押しこんでいく剣を引き抜こうとした。だが鈴の手は決して柄から離れようとしない。ルビスティアが鈴のなかで呟いた。

『運命の歯車はもう動きはじめたのです、
鈴が「うん」額に汗を浮かべうなずく。

「……可哀想なドラゴン、あたしも一緒についていってあげるから、一緒に消えよ?」

身体を震わせ、目を細めながら鈴が微笑んだ。

その瞬間、眩しい光に鈴の身体が包まれた。光のなか、甲高いドラゴンの悲鳴が響く。

「やめ、やめろぉぉぉっーーーー!!」

光のなかに浮かぶ鈴の影。その影に突き刺さっていた聖剣が、彼女を完全に貫いた。背中から切っ先が姿を現す。

そして光が消えた瞬間、聖剣は粉々に砕け散った。キラキラとガラスの破片のように輝いてルビスティアが床に散らばる。

もうそこからは、いつものようなかしこまったような声は聞こえない。

「これで……いいんだよね？　ごめんねルビちゃん……」

胸もとを押さえ、床に散らばった剣の欠片に視線を向け、鈴はやんわりと笑みを浮かべていた。押さえた手の先からは血とは違う、銀色の光が靄《もや》のようにあふれ、部屋の床に落ちてひろがっていく。

「これがドラゴンの魂かな？　なんか綺麗だね……」

ぐらりと身体が揺れ、橙馬が「鈴！」とっさにその身体を支え肩を抱いてくる。

「おい、鈴っ!!　いかないでくれよっ!!　うそだろ？　そんなっ……」

鈴が見上げた兄の顔は、今にも泣きだしてしまいそうなほどだ。

そんな橙馬の顔を、重くなっていく瞼の間から鈴は見上げ、「えへ」っと、いつもの無邪気な笑みを浮かべた。

身体のなかは恐ろしいほど急速に冷えはじめているのがわかった。手足の先が勝手に震えている。

「……お兄ちゃん」

自分の声は驚くほどに小さかった。まるで蚊の鳴くような細い声だ。

でも物心ついたときから、何気ない日常で呼んでいたその呼び名が、今は愛しくてたまらなかった。

視界はぼやけ、兄の顔はもうよく見えない。それだけが今は悲しかった。ただそれでよかったのかも、と鈴は思った。

ほのめいた景色のなかの橙馬はおそらく、今まで見たことがないほどに悲しそうな顔をしているのだろうと想像できたからだ。兄のそんな顔は見たくない。

「お兄ちゃん……」

愛しむように再び呟くと、鈴は瞼を閉じた。もう自分の意志では身体を動かせなかった。不思議と恐怖はなかった。けだるい身体をベッドに寝かせ、すぐに眠りについていくような感覚だ。

「鈴っ……鈴っーーー!!」

深い闇に落ちていくなか、鈴の耳には最後まで兄の声が聞こえていた。


日が暮れかかった頃、橙馬は自分の部屋にいた。

ベッドに腰かけ、窓から差しこむオレンジ色の空に目を細めて呟く。

耳を澄ましてみても、先週まではあんなに騒がしく感じていた蟬の声も、今ではわずかにしか聞こえない。その代わりに近所のどこかの家にぶらさがっている風鈴が、季節が過ぎていくのを名残《なごり》惜しむように鳴っていた。

「夏も終わりね……」

自分の気持ちを代弁するかのような声が背後からかけられて振り向けば、そこに制服を着こんだ幼なじみの姿がある。夏香は橙馬が座っていたベッドの横にぽすんと腰をかけると、手でパタパタと自分の首筋をあおいだ。

「まだ外は蒸し暑いけど」

「ていうか間違って学校行ったのか？　二学期は明日からだぞ？」

「夏休みは今日までだ」橙馬が笑うと、夏香は「違うわよ」頰を膨らませた。

「明日はここから登校しようと思って、さっき家から着てきちゃったの。荷物は少ないほうがいいでしょ？」

「そりゃそうだけどさ……」

　橙馬は困ったように口を濁した。正直、夏香を家に泊めていいのだろうかという迷いが出てしまう。

「あんまよくないんじゃないか？　こういう時期にそういうことはさ。……あれからまだ一週間しか経ってないんだし」

　一週間前まで、橙馬のまわりではいろいろなことがあった。喋るフライ返しに、勇者の前世。そして妹のドラゴン化。それらが終わってまだ少ししか日が経っていないのだ。

「オレが家に一人だから心配してくれてるのはわかるけど、そういうのは……」

　だが夏香はそんな橙馬のことはおかまいなしな様子で、橙馬の肩に頭を乗せてくる。

「ね……橙馬」

　甘える声をもらし、鼻先を首に押しつけられ、橙馬はこそばゆさに肩を捩らせた。

　こんなことしていいのだろうか？　そんな思いが頭のなかでぐるぐるとまわる。もちろんそのなかで思い浮かぶのは妹の姿だ。もし今のこの状態を鈴が知ったらどうなるのだろう。きっと悲しむに違いない。

「ね、橙馬ったら」

　だが、目の前に差しだされた濡れた唇に、理性が崩れていくのがわかる。

「お風呂も、さっき入ってきちゃったの。だから、すぐできるのよ？」

口の両端を淫猥にあげて、夏香が微笑む。

——ごめん、鈴……。

橙馬は心のなかで呟くと、誘われるように幼なじみのほうへと顔を近づけていった。

が、しかし——

「ちょっと待ったぁっ!!」

橙馬が背にしていたドアがバタンと開いたと同時に、怒声と炎が部屋のなかへと激しく入りこんできた。

「き、きゃっ!?」

「うわっ!!　熱ちちっ!!」

あわてて夏香を庇い、ガスバーナーのような炎を直に受けた橙馬は飛びあがった。

ズボンの尻に燃え移った炎をパタパタと手で叩き消し、ドアのほうを振りかえる。

「す、鈴!?」

橙馬の視線の先には、チアリーダー服を身につけ、腰に両手を置いて眉を吊りあげた妹の姿があった。

頭には二本の尖った角の隠れた猫帽子。スカートの下には同じく猫カバー付きの尻尾に、背中はどうあがいても誤魔化しきれない翼もある。

「ぶ、部活の合宿は明日までじゃなかったのか?」

あわてた橙馬に鈴が唇を尖らせた。

「そうだったけど、いやな予感がして帰ってきたの。まったくもうっ!! ちょっと目を離した隙にこれなんだからっ」

ぶつぶつと呟き、持っていたバッグをぽいっと投げ捨てると、橙馬の腕に絡みついていた夏香を引き剝がした。

「離れて夏香さん、お兄ちゃんはあたしのお兄ちゃんなんだからっ!!」

「なによ……いったい誰のおかげでこうして元気にいられると思ってるのよ……」

突然現れた鈴に、夏香がムッと顔を渋らせた。

あの日、鈴が自らルビスティアを胸に突き刺した夜。鈴は確かに一度は橙馬の目の前で息を引き取っていた。

だが鈴が今もこうしてここにいられるのは、彼女が起こした奇跡のおかげだった。

勇者の能力が出た橙馬と同じように、夏香にも前世のプリンセスとしての能力があったのだ。

あの夜、動かなくなった鈴を前に橙馬と夏香は数えきれないほどの涙を流した。だが夏香の流していた涙のうちの一粒が鈴の身体に落ち、その奇跡は起こったのだ。

だがそれも今となっては一週間前の出来事。鈴は怒りをあらわに夏香に嚙みついた。

「いくらあたしが夏香さんの涙で助けてもらったからといって、お兄ちゃんを渡すつもりはないんだから!!」

「むう!!　鈴ちゃんの意地悪。いいじゃない合宿の間くらい」

「ダメったらダメっ!!」

橙馬を挟んで妹と幼なじみが強く睨み合う。そんな二人をオロオロと交互に見ながらも、橙馬は幸せを感じてしまう。

ドラゴンとルビスティアが消滅したあとも、鈴のなかでのドラゴンの潜伏が長かったせいか、結局ドラゴンの名残である尻尾や角、翼、そして炎を吐く力もそのまま残ってしまっていた。でもそれでも愛する妹が元気でいてくれるのが嬉しい。

だがどうやらこうやって幸せを噛みしめているのは橙馬だけなようだ。

「今日は私が橙馬とイチャイチャする番なんだから!!」

「そんな順番なんて認めないもんっ!!」

二人の少女は左右からぐいぐいと橙馬の腕を引っ張り、顔を突きつけ睨み合う。

先に動いたのは鈴のほうだった。

「お兄ちゃんの恋人はあたしだけなんだから、ね?　お兄ちゃん♪」

橙馬を笑顔で見上げ、チュッと軽いキスを唇に落としてきたかと思うと、そのまま胸に抱きついてきた。

「えへへ～、合宿の間エッチできなかったし、今夜はい～っぱいエッチしようね」

「お……おぅ……」

あけっぴろげな妹の言葉に、橙馬は顔を赤らめる。だがそれを見た幼なじみも黙ってはいなかった。

「エッチするのは私のほうよ！　ね、橙馬」

妹のほうを向いていた顔をぐいっと引き寄せ、夏香が唇を押しつけてくる。鈴から受けた軽いキスとは違うディープキスだ。

「んっ……ちゅ……」

唇を舌で割り開き、くすぐるように歯茎をなぞってくる。少女の甘い芳香に橙馬は思わずうっとりとしながら濃厚に舌を絡ませてしまう。

「ちゅ……んんっ……橙馬のキス。とっても上手……んっ……」

唇を這わせた夏香は身体を押しつけてきた。豊満なバストが橙馬の肩にすりすりとこすりつけられる。

だがそんな様子を見た鈴は悲しそうに顔を歪めた。

「ず、ずるいよ……お兄ちゃんはあたしのお兄ちゃんだって言ってるのにっ……」

「ふふんっ……ちゅっ……鈴ちゃんみたいなお子様な胸より……んんっ……私の身体のほうが橙馬は好きなんだから」

「あたしだって負けないもんっ。この夏でまたちょっと大きくなったんだから……ね、お兄ちゃんっ……れろっ」

負けじと鈴が夏香の反対側から胸を擦りつけ、橙馬の首筋を舌で舐めあげた。

両肩に乗せられた胸が、少女たちのせめぎ合いがひどくなるにつれてさらに強く押しつけられ、橙馬はあわててしまう。

「……お、おい。なにやって……」

「いいからお兄ちゃんは静かにしてて……ん……ちゅっ……」

「そうよ……ん……これは私と鈴ちゃんの問題なんだから……ちゅっ……」

「そんなこと……言われたって……」

少女たちがケンカをしているとはいえ、豊満で甘い香りのする四つのふくらみに体を圧迫されているのだ。橙馬の鼓動は高くなりはじめ、むくむくとズボンのなかが熱で満たされていく。もちろんそれに気づかない彼女たちではなかった。

「あはっ、お兄ちゃんのココ、大きくなってる。やっぱあたしからのキスに感じてくれてるんだよね？」

鈴は嬉しそうに顔を綻ばせ、橙馬の股間の山を撫でる。だがすぐに「違うわよ」と、夏香の手が重なった。

「私のほうに感じてくれてるのよ。ね？　橙馬」

「いや……その……」

二人の手がさわさわとテント張りした股間を駆けあがっては降り、橙馬はこそばゆい快感に口ごもってしまう。

「ちゃんと言って橙馬。どっちがいいのか」

夏香は苛立ったように言うと、ベッドに座った橙馬の体をやんわりと押し倒し、山になった股間部分のジッパーをおろした。

「ちょ……おい、夏香っ」

あわてる橙馬だったが、すぐに股間のなかからペニスを引っ張りだされ、その反応しはじめた己の分身を見て、なにも言えなくなってしまう。

幼なじみの手に握られた肉棒はすでに二人の少女からの甘い誘惑により滾るような熱がまとわりついている。

「ふふ、もうこんなになってる……」

夏香は濡れ光った亀頭を見下ろし、人差し指を押しつけた。爪先で尿道の入り口をツンとつつきながら、うっとりと目を細めて唇を近づけていく。

熱い吐息が肉棒の先端に降りかかり、橙馬はベッドに寝転がりながら期待に満ちた視線を下腹部へと送った。

だが、あとわずかで幼なじみの唇がカリに触れるかという瞬間、鈴がズイッと横入りし、橙馬の亀頭を咥えこんだ。

「じゅっ……ちゅっ、お兄ちゃんのは……んっ……れろ、あたしのなんだから」

溢れだしていた我慢汁を啜り、そのままねっとりとした舌を肉幹へと絡ませながら、夏香を得意気に見上げる。

「む!!　横取りなんてずるいわよ!!」

夏香は顔をしかめると橙馬の亀頭へと口をおろした。

「それなら私だって……ちゅっ……んっ……」

「あむっ……ひどい、こっちから先はあげないんだからっ……んっ」

鈴口の縦割れを境に、夏香と鈴が肉幹を左右から舐めあげていく。

唾液で濡れた柔らかな二つの唇がせめぎ合いながらのフェラに、橙馬は息が乱れはじめていた。

「お……おい二人とも……」

二人に注意をしつつも、ペニスを舐め這いずられる甘い快感に強くは言えない。

橙馬の股間では二人の少女が向き合いながら、必死になってペニスを舐め啜りはじめた。ピンク色の二つの唇の端がぷにぷにと触れ合う。

「ん……ちゅる……夏香さんの唇、暖かい……」

「鈴ちゃんの唇も……ちゅ……ぷにぷにして気持ちいいわよ……はむっ……」

肩を寄せ合い、頬を赤らめながら、互いの唇の感触も味わっているようだった。

「でも鈴ちゃんには……ん……負けないんだから……ちゅる」

「あたしだってそうだもんっ……じゅっ……」

はむはむと唇をつけ合いながらも、二つの舌先は橙馬の尿道のなかに入りそうなほどに、鈴口を押しひろげていく。

舌には二人の唾液がたっぷりと乗り、橙馬の肉竿をヌルヌルと光らせた。

つぶつぶとした舌先が絡みついては離れ、そして肉棒の根元へと垂れ落ちた唾液を下から一気に舐めあげていく。

するとだ。なぜか突然、鈴がペニスから顔を離したかと思うと、身につけていたチアリーダーのスカートを軽くたくしあげ、サポーターを下着ごと脱ぎはじめた。

「……んしょっと……」

そして寝そべっている橙馬の腰の上へとまたがってしまい、鈴の身体に追いやられるようにして夏香もペニスから口を離した。

「ちょっと鈴ちゃん？」

「だってもう我慢できないんだもん」

不満たらたらの様子の幼なじみが声をかけるなか、鈴は子供のように唇を尖らせたかと思うと、すぐに笑みを浮かべて橙馬を見下ろしてくる。

「ね、いいよね？　お兄ちゃん」

「いいよね？　って聞かれても……」

積極的すぎる妹の行動に困惑してしまう。だが橙馬が呟いた直後、ぐいっと鈴によって上半身を持ちあげられ、ぬるりとした感触がペニスの先端に降り立った。

「んっ……くっ……」

淡い陰毛の乗った恥丘をあらわにした鈴が悩ましげに眉間に眉を寄せ、ゆっくりと腰をおろしていく。小さく縮こまっていた陰唇が橙馬のペニスを咥えこみ、張りつめたようにひろがりを見せた。

「あっ……入ってくるようっ……すごく硬いっ……くぅっ……」

やがて肉幹を沈みこませて、ペタンと橙馬の太腿に座りこむと、鈴が嬉しそうに肩に抱きついてくる。

「えへへ……全部入っちゃった♪　お兄ちゃんのであたしのなかいっぱいだよぅ……」

「ず、ずるいわよ鈴ちゃん」

夏香に不満をかけられながらも、ここまで橙馬と密着したことで、そう簡単には引き剝がせないことに安心したのだろう、鈴は勝ち誇ったような笑みを浮かべた。

「お兄ちゃんはあたしのだもんっ」

「む、むうっ……」

夏香は悔しそうに顔を歪めながらも、これ以上揉めても仕方ないと思ったのだろう。

「……わかったわ。その代わり鈴ちゃんがイッたあとは私の番よ？」

またがった鈴の正面、橙馬の顔の上に下着のクロッチ部分を押しつけ、ゆっくりと腰をくねりだす。

「ううっ……でもやっぱり物足りない……」

そう呟きながらも、橙馬の唇でこすこすと擦りつけられた夏香の下着は、縦割れを浮かべながらゆっくりと熱を持っていく。

下着越しでありながらも湿った柔ヒダの感触を唇に感じ、肉棒を妹の膣内に埋めこまれ、橙馬は射精の予感が募ってくるのを感じていた。

——久しぶりだったからな……きついな……。

鈴が部活合宿に向かって一週間。その間ご無沙汰だったこともあり、膣内のつぶつぶとした壁に押しつけられたペニスは悲鳴をあげそうになる。

それをグッと堪えながら、橙馬は腰を揺り動かした。同時に舌を動かすことも忘れない。

「あふっ……あんっ……」

上下に腰を揺らしはじめていた鈴が、膣内を肉棒が揺れはじめたことにビクビクッと腰を震わせる。

「あふっ……やっぱりお兄ちゃんの……ああんっ……いいよぅっ……大好きっ」

蜜液を溢れさせながら、橙馬の両肩をつかみ、鈴がヒップをくねらせる。ユニフォームに包まれた胸を橙馬の体に押しつけ、甘い声をもらした。

「んんっ……気持ちいいっ……お兄ちゃんも感じる?」

「ああ、感じる。鈴のなか、強く締めつけてくるよ」

橙馬は上下に揺さぶられる鈴の腰をしっかり抱きながら、今度は夏香の秘部へと鼻先を押しつける。

濡れたクロッチをかき分け舌をぐっと差しこめば、鈴の正面で夏香が声をもらした。

「ひぁっ……もっと私の、味わってぇぇっ……」

ぐっしょりと濡れはじめた秘部を下着ごと押しつけ、夏香が制服のプリーツを揺らす。

橙馬は抱きしめていた鈴の腰から手を離し、夏香を手繰り寄せるように強く彼女の太腿をわしづかんだ。

「あふっ!?」

「きゃっ!!」

秘唇を引き寄せられた夏香がわなないた。

「あたしの……ク、クリトリスが……吸われちゃうぅっ……」

「なかも外も……ふぇっ……熱くなってきちゃうようっ……ああっ」

橙馬の下腹部に茂った硬い陰毛に、弱い部分を擦りたてられ、ぶんぶんと鈴も髪の毛を振りしだく。

「私も……橙馬の舌が……ああんっ……いいっ、もっと啜ってぇっ」

夏香のほうも橙馬の舌先のぬくもりに嬉しそうに声をあげた。

湿った音が股間と顔で生まれ、橙馬の腰の抽送も自然と激しくなっていく。

橙馬は舌のみならず、夏香の急所に歯を擦りつけるようにして幼なじみを追いつめる。

「あひっ……ああっ……」

下着のなかの肉真珠を強く吸われて、夏香は目の前で喘ぐ鈴の耳たぶを唇でハムッと挟みこんだ。

「な、夏香さん？　あふっ……!?」

突然耳たぶを唇で甘噛みされ、鈴は身体を捩らせた。

「あ……や、耳だめぇっ……」

「でも感じてるみたいじゃない。ねえ橙馬？」

「本当だ。鈴のなかがキツくなった……」

夏香の言葉に橙馬はこくんとうなずいた。鈴の小さな膣内がひくひくと痙攣し、埋めこまれたペニスにさらに強くまとわりついていく。

細い指先は鈴のチアリーダーの制服をブラジャーごとまくりあげ、バストを揉みしだいていく。

「あら本当……ちゅっ……鈴ちゃん胸大きくなってる……」

「だからさっき言ったじゃ……ああんっ……」

鈴はバタバタと翼をはためかせる。

「そんなにいろんなとこ……触っちゃ、イッちゃうよぉっ……」

「いいのよ鈴ちゃん。好きなだけイッて。次は私が橙馬とするんだから。約束よ？」

「うん……約束ぅっ……あああっ!!」

正面から胸を揉みしだかれ、下半身からは激しい膣内への突きあげ。逃げ場のない快感に鈴の目もとに涙が浮かぶ。

「あ……んっ……はあぁっ……い、イクっ……イッちゃうようっ……」

「くふぅっ……私のほうもクンニだけで……イッちゃいそ……あふっ……ああっ」

橙馬の顔の上で腰を捩らせながら、夏香がぐんと背筋を反らし、よりいっそう下半身で揺さぶりをかけてくる。

「くっ……二人とも、激しいよ……」

橙馬は必死に妹と幼なじみをイカせようと舌と腰を動かしつづける。

——ダメだ、イクっ……。

「あぐっ……あっ」

喉を振り絞った直後、一瞬気の緩みが出た。

途端、ドクンと強く心臓が鳴り、腰が痺れるような感覚に襲われる。制御をなくした下腹部の疼きが強くなり、橙馬の睾丸が滾りを放出していく。

思わずクロッチ越しに夏香のクリトリスを軽く噛んでしまった。

「あっ……やっ……ああああああンっ!!」

グジュッと音をもらしてひしゃげ、夏香が鈴の胸をつかんだまま強く頭をあげた。

そして最後は妹の絶頂だった。

「あっ……熱いっ!!　はひっ……ああああ──ッ!!」

突き抜けるような甘ったるい嬌声をあげながらも、吐きだされた精液を吸い取るように強く膣内を収縮させる。

「くっ……きつっ……くっ……」

まるで根こそぎ奪われてしまうような強烈な吸いつきに橙馬は顔を歪めた。

やがてすべてを吐きだし、橙馬がベッドへと倒れこむと、そのまま妹も胸へ、最後に夏香ももたれかかってくる。

「はぁ……ふぅ……」

余韻に浸る少女たちの吐息があふれはじめ、橙馬も一息つくように額の汗を拭おうとした。だが――

「さ、次は私の番よ、橙馬」

笑顔を浮かべた夏香にがっちりと腕をつかまれてしまう。

「まじか？　ちょっとくらい休ませてくれよ」

「そんなこと言ってどうせこのまま寝ちゃうんでしょ？　そうはいかないんだから」

そう言って、レロッと舌を出して橙馬の胸もとを舐めあげてきた。達したばかりだというのに、その刺激に再び肉棒が立ちあがりはじめてしまう。

「えへへあたしも参加しちゃお」

無邪気に顔を綻ばせた鈴も、再び橙馬の体にまとわりついてくる。

少女たちとの甘い夜は、夜が明ける直前までつづいたのだった。

エピローグ☆☆今朝も世界ははじまって

翌朝、橙馬の目を覚まさせたのはけたたましく鳴り響く目覚まし時計の音だった。

「うう……うるさいよぅっ……」

「なによ、もう朝？」

ベッドの左右から橙馬を挟んで寝ていた鈴と夏香の不機嫌な声が聞こえ、橙馬も重たい瞼をあげる。

「うう……寝足りない……」

目覚まし時計のアラームを押してとめながら、身を起こせば、昨日と同じチアリーダー服姿の鈴と、制服姿の夏香がベッドから降りはじめていた。

——そっか、昨日あのまま寝ちゃったのか。

ようやく寝ぼけていた頭が動きはじめ、鈴が大きくあくびをもらした。

「ふあああ～、今日からいよいよ二学期だね、夏香さん」

「そうね、二学期は体育祭もあるし忙しくなるわ」

するとだ。「あ、そうだわ」夏香が思いだしたように、部屋に置いてあった自分の鞄のなかを探りだす。

「これ、二人に渡そうと思ってたの」

そして取りだされたのは二つの銀色の指輪だ。一つには小さな青い石が、もう一つには赤い石が一粒ずつ埋めこまれている。

「今つけてみて。絶対に驚くんだから」

橘兄妹は不思議そうに顔を見合わせながらも、幼なじみにせかされ、指輪をはめこんだ。すると懐かしい声が二人のまわりで響いた。

『お久しぶりです、マスター』

「へ!? この声って……」

「うそっ!? ルビちゃん？」

橙馬と鈴は驚いてあたりを見渡した。

「どこ？ どこにいるのルビちゃん!?」

二人が声の発生元を探し、部屋中を見渡すと、夏香が「そこよ」二人の手にした指輪を指差して笑った。

「これらの指輪がそうなの。ルビの体は二つに分かれちゃったけど、ちゃーんとどっちとも会話できるのよ」

「ええ!? この指輪が!?」

「ルビちゃん指輪になっちゃったの?」

橙馬と鈴があわてて手のなかのリングを見下ろす。すると確かにその二つから『さようでございます』と、かしこまった声が聞こえてきた。

「オレはドラゴンを倒したとき、ルビはもういなくなったんだとばっかり——」

あのとき、ドラゴンを倒したときに聖剣も消滅したのだと思っていた。

信じられない思いで二人が指輪を見下ろしていると、夏香が「実はね」ににこにこと話してくれた。

「鈴ちゃんが生きかえったあとね、散らばったルビをかき集めて、そこにも私の涙を落としてみたの。それで親戚に頼んだら指輪にしてくれて、ルビと話ができたのよ」

『私の力も、ドラゴンの一件でほとんどなくなりましたが妹君の炎をとめることくらいはできるはずです』

「本当? よかったぁ〜、風邪引いたら学園吹き飛ばしちゃうんじゃないかって心配だったんだよ〜、ありがとルビちゃんっ」

鈴が嬉しそうに指輪を撫でる。橙馬もまた、指輪に語りかけた。

「そうだったのか。それにしてもお前も大変だな、フライ返しになったり、指輪になったり……」

『しかたありません。私はマスターの忠実な僕。いかなる形でいようと、貴方の側にいるのが運命なのですから』

「運命か……はた迷惑な運命だったなぁ」

しみじみと夏のことを思いだしながら橙馬が呟くと、鈴が笑った。

「でもまた会えて嬉しいよルビちゃん」

『私もです妹君』

鈴の言葉に、指輪の形をしたルビも嬉しそうだ。

――これでよかったんだな……。

あのとき、夏までの自分はどうにかして鈴を助けたいと一人考えていた。でも結局自分一人では鈴を助けるなんてことはできなかった。

それでも今こうして皆でここにいられるのも運命だったのだと思える。

寝不足な朝も気持ちよく感じてきた橙馬は、思いだしたように言った。

「さ、それじゃあオレたち学校行く準備しようか」

「そうね。一階にあるアイロン借りるわね。制服の皺、直してこなきゃ」

「あたしも制服に着替えてくるよ～」

夏香と鈴もうなずいて、部屋から出ていく。橙馬も寝巻きを脱ぎ制服に着替えはじめた。

すると不思議そうにルビスティアが尋ねてきた。

『おや？　今日は学校なのですか？』

「ああ、お前がいないうちに夏休みは終わったんだ。今日から二学期だよ」

『そうなのですか。二学期はいつもより一時間遅い登校になるんですね？　やはり陽が短いからでしょうか？』

「は？　なんだって？」

制服のワイシャツをとめていた橙馬は怪訝そうに眉をひそめた。だがすぐにハッとなり、目覚まし時計のほうを見た瞬間、飛びあがりそうになった。

「あっ!!　やばい!!」

普段いつもなら朝七時にかけて、登校時間まで余裕を持たせていたのだが、夏休み中は八時にセットしていた。うっかりそのまま目覚ましをかけていたのだ。

一時間目のHR《ホームルーム》まであと十分程度しかない。

「す、鈴!!　夏香っ!!」

廊下に出ると、バタンと妹の部屋のドアが開いた。

「大変だよお兄ちゃんっ!!」

「ちょっと時間!!　遅刻よっ!!」

階段の下から夏香も声をかけてくる。

「い、急いで準備して出よう！」

橙馬は部屋のから鞄を引っつかむと、机の上にあった教科書を突っこんでネクタイを結びながら再び廊下へ出ていく。

「忘れ物大丈夫？　お兄ちゃんっ」

「おう、たぶん平気だっ!!」

背後から鞄を持った鈴も現れ、階段をおりていく。

「急いで二人ともっ!!」

一階にいた夏香が玄関で靴を履きながら叫び、三人はバタバタと雪崩《なだれ》のように外に出た。橙馬が家の鍵をかけた途端、遠くで学園の鐘の音が響いた。

「いけない!!　予鈴が鳴ったわ、あと五分しかないわよ」

「よぉし!!　全力疾走だよ、お兄ちゃんっ!!」

鞄を持った鈴が、トンッと地面を蹴りあげた。途端、背中に生えていた翼が大きく羽ばたき、小さな妹の身体がふわりと地面から浮かぶ。

「えええっ!?　鈴。お前自分で飛べるのか？」

「うんっ!!　そだよ？　ほら、行くよお兄ちゃんっ」

「え？　行くってまさか……うわっ!?」

宙に浮かんだ妹に腕をつかまれ、橙馬は引きずられるようにして走りだすことになった。

「ちょっ……ちょっと鈴ちゃんっ!!　誰かに見られたらどうするのよっ!!」

真面目な夏香が背後から叫んで追いかけてくる。

「私は前世で橙馬と結ばれたプリンセスよ？　抜け駆けは許さないんだからっ!!　ずるいわよっ!!」

「へへーん。そんなの関係ないもん。今は今だもんっ!!」

「それなら翼で飛ぶのやめなさいよっ」

「やだもーん♪」

「むっ!!　橙馬っ!!　なんとか言ってやってよっ!!」

「そ、そんなオレに言われても……」

背後から追い立ててくる幼なじみは転ばないように走るのに精いっぱいだ。

そんななか、突拍子もなくレベルアップ音が響き、指輪が嬉しそうに呟いた。

『マスター、ずいぶんとレベルがあがったのですな。ご立派です』

彼らの住む世界はいろいろと問題もあるようだが、平和だった。